元明史料筆記叢刊

視履類編

〔明〕李同芳 撰

李新峰 點校

中華書局

圖書在版編目(CIP)數據

視履類編/(明)李同芳撰;李新峰點校. —北京:中華書局,2023.9
(元明史料筆記叢刊)
ISBN 978-7-101-16079-6

Ⅰ.視… Ⅱ.①李…②李… Ⅲ.小品文-作品集-中國-明代 Ⅳ.I264.8

中國國家版本館 CIP 數據核字(2023)第 006760 號

責任編輯:李 勉
責任印製:陳麗娜

元明史料筆記叢刊
視履類編
〔明〕李同芳 撰
李新峰 點校
*
中華書局出版發行
(北京市豐臺區太平橋西里 38 號 100073)
http://www.zhbc.com.cn
E-mail:zhbc@zhbc.com.cn
三河市鑫金馬印裝有限公司印刷
*
850×1168 毫米 1/32 · 9 印張 · 2 插頁 · 154 千字
2023 年 9 月第 1 版 2023 年 9 月第 1 次印刷
印數:1-3000 册 定價:42.00 元

ISBN 978-7-101-16079-6

整理説明

一

視履類編二卷，明李同芳撰。

李同芳（一五四〇—一六二二），字濟美，號晴原，蘇州府崑山縣人。嘉靖三十五年（一五五六）進學，隆慶元年（一五六七）恩貢，萬曆元年（一五七三）中舉。萬曆八年（一五八〇）中進士，歷任刑部主事、禮部主事、員外郎、郎中。萬曆十七年（一五八九）起，任浙江提學副使、湖廣參政、貴州按察使、廣東參政、按察使、山東布政使。萬曆四十年（一六一二），以右副都御史巡撫山東，四十二年（一六一四）告歸。居鄉數年卒，贈工部左侍郎。存世著述，唯視履類編一種〔一〕。

視履類編有清康熙二十四年（一六八五）刻本，未見清前期著録。乾隆後期，見四庫存目，係「浙江巡撫採進本」〔二〕。文選樓藏書記載：「崑陵人刊本……後附碑傳。」〔三〕此後又不見著録，亦未見徵引。現僅臺北傅斯年圖書館、美國國會圖書館藏二帙，可謂存目遺珠、海内孤本。

全書二卷四十門，共近六百則。每則自成一體，自數十字至數千字，皆記李同芳親身參與且身爲正面主角的事迹。據書前小引，本書係其晚年歸田，彙集平生履歷以「自考」。全書皆叙事而無見解、皆經歷而無見聞，似爲分門别類的傳記。不過，全書實由短小精悍的獨立條目構成，特以每條凸顯的正面色彩歸爲四十類，自家長里短、人情往來至官場浮沉、朝堂議事，肆意抒發好惡情讎，亦可視爲一部主觀色彩濃烈的史料筆記。全書旨趣乖異，而史料價值頗豐，勉爲點校，以裨共賞。

二

視履類編的首要特色，就是自夸。四庫館臣驚呼：「自古以來，自作傳者有之，大抵叙述閲歷始末耳。至於著一書以自譽，則自有文籍未之前聞也！」在書中，李同芳或替天行道、悲天憫人，或嚴己寬人、捨己爲人，或瀟灑寬容、抗世獨立。自述善迹，並無不可，但作者經常跳出自我，反身進行客觀欣賞，字裏行間洋溢着讚嘆。如篇幅最大的一門持廉，共六十八則，各種叙事完畢後，至少來一句余「一毫不取」、余「付之不聞」，經常有衆皆「涕泣而去」、「深以余爲不情」，大量的做好事撒謊不承認、暗助人受委屈不辯白等等，不厭其煩、分文不差地寫出來。刊刻者跋：「意亦欲垂示後人，使識貽謀之自耳，非必欲世之知之也。」李氏後人也有些難爲情了。

李同芳喜歡勾勒與他人尖鋭對比的場景，烘托超越同儕、凌駕當世的形象。如勵節、秉直、執法等門，備述其抗直不屈、勇敢擔當，他人凡所提及，無不黯然失色。權臣張居正、沈一貫、税使李鳳等反面人物或交惡之人自不待言，一般上司同僚下屬、同年友鄰甚至「先大夫」統統化身背景板。他考中會試第二名，文聲煊赫一時，從郎署到藩臬以至開府，可謂圓滿成功。但少年貧苦飽受欺凌，早早嶄露頭角却四十歲後方中進士，未免蹉跎。既失翰林科道，勉力郎署、提學，却屢遭壓制、降調、彈劾，終至還鄉。這與自我期許，大有距離，或因此將一生善迹，特別是無數功酬不平的澤被蒼生、興利除弊、衆濁我清等政績，一吐爲快。

不過，李同芳的自我認知，與外部評價相差較大。甫任山東巡撫，就遭彈劾「鄙穢不堪，開府爲伊男編修李胤昌以五千金賄文選郎中徐可求得者」〔四〕。尚信、存厚諸門，歷數親朋同僚如何失信賴賬、自己如何踐諾行恕。但讀者會覺得，他名聲人緣似乎不太好，很多人失信就是不願幫忙，避之唯恐不及。提及交惡之人如鄰里僚屬，「余笑置之」「余竟寬之」，唯攻擊壓制他的湖廣巡撫郭惟賢、降調他的吏部尚書孫丕揚、彈劾他的御史李若星。可是，孫丕揚、李若星的公評，與之截然相反，倒是李同芳的名聲政績，頗爲可疑。

李同芳慣於選擇性描摹場景，巧妙塑造自己的光輝形象。他多次借他人之口，稱浙江提學任上如何公平無私、慧眼識人，得全省贊譽。行恕門載，科考至紹興，自己嘔心瀝血、慧眼獨具、胸寬似海。其實，提學官一言九鼎，無論怎麽算計都會得逞。紹興各界感恩戴德、唯唯聽命、稱頌卓識，心裏只怕恨得發癢。釋恕門載，中進士後，讎家遭天譴，李與之交涉房産，一不乘人之危，二不講價少給，三不泄憤求安。但細品之，實屬發達後全方位報家讎。總之，「假話全不説，真話不全説」，反正從未提及自己的哪怕一次不是，品格從無反思、感情從無愧疚，若貌似有所不足，必釋以更高的情操、更深的道德。

算計精明、用心深刻，難以解釋其失控的自戀。李同芳既不道貌岸然，亦未空洞説教，而是赤誠地塑造凛然正氣。觀其最得意的言行，多屬「有所不爲」，在此前提下，他不甚諱言自己的「惡」，將恪守底綫視爲追求完美、實現理想。「有所不爲」與「有所爲」，是兩條相反的道德取徑。前者似出驕傲，無甚高遠志向，而願爲不降低下限付出沉重代價，補償則是在底綫之上充分作「惡」。後者似出關懷，無甚猶豫顧忌，而全力走向現世或彼岸的終極目標，補償則是任何手段都心安理得爲「善」。在古今道德實踐中，後者似衆望所歸。李同芳試圖以前者之爲，得後者之心。前者當嘲其胡亂拔高至於荒唐，後者遂笑其不自量力近乎無恥。或許，人多多少少都會混淆底綫與追求，都願意打扮、信任、欣賞自己。但是，李同芳更真誠自信，不惜驚世駭俗，自陳完美道德之旅。結果，必招雙方嘲笑，徒供後世解頤，釀成一齣小小的悲劇。不過，比起以崇高的名義或悲憤的情感去坦然作僞的大多數人，李同芳的自夸自戀倒也多了一分可愛。

三

因自戀而自夸、由自夸而虚飾，令視履類編的可信度成疑。不過，全書除極少數記憶訛誤，找不到任何自相矛盾、不合時空人事俗規的破綻，這要歸功於作者駕馭文字的高超能力。每一則叙事，用語精練、叙述平直，無一字廢話、無一詞無用意，但於叙事完備無礙，遇易生歧義處，可在上下文查照通曉。平直看似寡淡，但文中涉及官職、人名、地名、文書流程甚衆，雖平鋪直叙亦不易速覽，若稍炫文采恐即不知所云。如書後墓誌銘，多撮取本書記事，作者顧錫疇曾任翰林院學士，玩弄文字、化簡爲繁，幾不堪卒讀。對比之下，李同芳行文看似平淡，複雜的故事讀來順暢自然，必係精心設計剪裁。晚明科場混亂，中高第者亦多不學無術，而李同芳自己高中，兒子李胤昌更得任翰林院編修，看來李家父子是靠文章「硬實力」出人頭地的。

僅論用心與文筆，此書或欺世盜名。可是，自讚爲體、煉文爲用，造就類似好萊塢戰争電影的效果：故事可極盡巧飾歪曲之能，場景細節却真切可信。李同芳不厭其煩地描摹細節，務求讀者從信，故刻畫出一幅晚明社會生動而精準的圖景。這些政務流程、官場慣例、交往習俗、鄉紳生活的種種實態細節，乃本書主要價值。如持廉門載各級官僚的半合法公費、例行饋遺、往來打點、請託收費，往往細至幾兩幾錢。羅萬化書信，透露「仕途套習」與提學官連任慣例。與申時行、沈鯉的交涉，展現六部下屬諸司以擬稿權抗衡閣部，以及同鄉、同年、同僚、師生關係對政令、政務的微妙影響。范應期、張鹵青眼苦横的長篇故事，記録監生撥歷請假的違規操作、場中割卷、學子習文、科舉饋儀等。尚信、存厚諸事，勾勒社會各界之糾紛争鬥、請託算計、世態炎凉。得罪郭惟賢、孫丕揚事，尤見考察過程中尚書巡撫咨訪、訪單填注方式、外官上下級關係等。遭李若星彈劾事，介紹黄克纘與李三才本有「大讎」，自己因得罪三個河南人被牽連。提學紹興，提及科考録取定額細分至每個縣，餘姚縣爲一〇五名。凡此種種不勝枚舉，同時著作罕有其匹。清代後期的張集馨，仕途略似，道咸宦海見聞録刻畫宦情極細，但冷眼面世，偏頗隨意且多風聞。李同芳語限親身經歷，場景細節當更滴水不漏，足資參證。

全書四十門，上卷前兩門惇倫、睦族主要談家族居鄉事務，攻苦、貞教談習學科舉經歷，勵節、持廉以至恤下、尚信共十六門，主要談及仕途經歷，大抵彰顯兼備才德。下卷似再起爐竈，不甚區分居鄉居官，其中特知、別俗多談與科舉鄉族事務，而崇讓、存厚至保全、辨冤的主要着眼點，仍在官場。至辟邪至祥夢等最後五門，大談吉人自有天相、冥冥如有神助，吕洞賓整天追着寫信獻策，似於出處之外，別見洞天。各門之中，持廉六十八則最多，敦誼四十九則次之，廣惠、釐弊、守禮、保全亦超過三十則，略見自期重點。但特知、行恕各僅二則，每則篇幅却不小，特爲拈出獨立一門，不可輕視。

李同芳未任中央要職，萬曆後期歸鄉，接觸朝堂較少，對萬曆中期的政争着墨不多。觀隻言片語，對東林不甚以爲然，但連篇累牘吹嘘與礦監税使的激烈鬥争，又非東林之敵。天啓二年（一六二二）得贈工部左侍郎，不甚風光也算體面，或玲瓏世故終爲東林默許。至於「東事」，毫無涉及，或晚年已不諳時事，或居官時遼東尚無大警，或清初刊刻時删去敏感内容，亦未可知。

四

本書點校，以「中央研究院」歷史語言研究所傅斯年圖書館藏清康熙二十四年李王佳刻二卷本爲底本。

本書僅存二帙，一藏臺北傅斯年圖書館，一藏美國國會圖書館。前者分上下卷，訂爲二册，高二十八釐米，十行二十一字，黑口雙魚尾。每卷分二十門，各冠二字標題，每門前題「崑山李同芳晴原父編」，含數則至數十則。書前有作者小引，後鈐「李同芳字濟美」、「大中丞」二印。書後有刊刻者跋，知爲李同芳曾孫康熙二十四年（一六八五）刻本。後附神道碑銘、墓誌銘、李大中丞傳三篇，傳數葉殘闕。刊刻者與附録，正合前引文選樓藏書記。後者係同一版本，唯訂爲十册，多存一書名頁，書名前題「崑山李少司空編」，後題「隴西藏板」，後附傳無殘闕，跋位於全書末。後者留存實更完備，唯限於條件，現以前者爲底本整理。

本書以美國國會圖書館藏同版異訂本（簡稱國會藏本）爲校本，補底本少許殘闕。據本校、理校原則，改正少數明顯刊刻錯誤。後附神道碑銘、墓誌銘未他見，李大中丞傳見張大復崑山人物傳卷十李同芳〔五〕。今據崑山人物傳清雍正刻本〔六〕（簡稱崑傳）

對校。底本異體字、俗體字、簡寫字較多，本書酌量徑改，不出校記。若位於專名之中，一般不改，酌出校記。避諱字，一般徑改，不出校記。凡改底本，以删除文字爲小字，標圓括號（ ），以增加文字爲正文字號，標六角括號〔 〕。若出校記，在括號後標注。底本有疑誤而保留時，在對應正文後標注。

本書標專名綫，酌量明代特殊之處。律條、書經章句之名，絶大多數視爲條目而非篇目，用引號而不用書名綫，少數按文意視爲篇目。以律條爲罪名時，或不加引號。官員考察之評語名目，按文意或加或不加引號。府司衛所及各種特殊類型，與户刑二部諸司，視爲與驛站、巡檢司等同類的機構，合後綴加專名綫。司道、邊鎮及御史之道等非正式機構，乃組合地名爲新名目，將其中地名乃至含地理意味者，合視爲單一地名，加專名綫，一般不含後綴。姓氏、名字與官職雅稱聯用時，若較正規或完整，視爲專有名詞。若較隨意或簡略或難以明確區分者，視文意處理。

爲坦示整理者解讀，本書點讀，寧語句破碎，儘量多用逗號、句號斷開。若無明確直接引語標誌，儘量視爲間接引語。職差、散勳、加兼、封贈等頭銜，若係同類項，或無連綴字詞，多以頓號點斷。

原書各門下諸則無標題，各門與各則皆無序號。爲便讀者查索，現標每門以及每則在各門之序號，前者以中文數字置每門題前，後者以阿拉伯數字置每則文前。若一則篇幅較大，酌情分段。

原書底本，承邱仲麟、趙偉發示搜求，文字核對、解讀與行文，得余璐、史煜颺、高虹飛鼎力相助，編輯出版，蒙李勉悉心操持，謹致謝忱。原書文字精警平實，仍偶有疑難非學力可及，强作解人，文責自負，望祈斧正。

李新峰

二〇二一年八月十九日

北京大學歷史系

本書稿成，适逢傅斯年圖書館藏古籍珍本叢刊出版，影印二十七种珍稀史料，視履類編赫然居首。伏望讀者以原本糾本書之謬，拓此晚明奇文的史料價值。

二〇二三年八月六日又記

〔一〕翟士航指出，天啓元年（一六二一）問世的皇明將略，舊或題李同芳編，實李僅爲作序（皇明將略作者考，中國典籍與文化二〇二二年第二期）。

〔二〕四庫全書總目卷六四史部傳記類存目雜録。

〔三〕楊洪升指出，文選樓藏書記並非阮元藏書目，實乃浙江進呈四庫館的書單（文選樓藏書記考實，文獻二〇一一年第四期）。

〔四〕明神宗實録卷五〇一，萬曆四十年十一月壬辰。

〔五〕張大復梅花草堂集（續修四庫全書第一三八〇册影印明崇禎刻本）記與李同芳交遊甚密。此文作於李同芳生前，原題或本非李大中丞傳或李同芳。

〔六〕續修四庫全書第五四一册影印。

目録

小引

自降祥之説昉於書，而好修者執爲左券，一或不雠，輒以天爲不可信，而爲善之心以阻，此未通於易之義者也。易於履之上爻曰：「視履考祥，其旋元吉。」夫祥不考於天而考於履，不考祥於初而考祥於上。又必有其旋之履，而後有元吉之祥。祥，可易言乎哉！君子不以降祥者望之天，而以致祥之道責之己。苟視其所履可以致祥，吾事畢矣，天之降祥與否，吾何知焉。余少而受易，即有味乎斯義而竊志之。自少而壯而老，涉世日深，所爲應世之事，未易縷指，乃幽獨自矢，一惟素履之爲兢兢，特以弛擔不早，尚在塵途，未暇稽考其素。兹已退休謝事，平生履歷業已備矣，即向未載筆，老而健忘，不能一一悉記，試取其所及知者而一考之，不知於致祥之道，亦有當乎否耶？以余無似，上賴祖宗積善之餘，以有今日，縱使克完素心，猶恐未能報補，敢有他冀而復爲考祥之思？惟是歇歷三十餘年，既無陸大夫之裝以遺後人，若無一事可以遺之安者，而徒爲子孫作牛馬蛇蝎，匪直速戾於天，且以遏佚先澤。是用滋懼，故於閑居之暇，彙輯其事，題曰視履類編，以自考云。至於「勿替引之」，以協於「其旋」之占，此後人事也，余又惡足以知之。

賜進士第出身、通議大夫、巡撫山東都察院右副都御史崑山李同芳晴原父題。

視履類編卷之上

一　惇倫

1 先大夫少習舉子業，以病中廢。余垂髫時，常呼余曰：「成父志者，是在汝小子！」余側聞之，益奮志思上進矣。

2 祖塋在留暉門外，建自元時，始祖及先曾大父俱葬焉。先爲族人楨盜賣明堂地於許銓，先大父告院取贖，尋又爲遠族伯霆占住，起造作坊，牽牛踐曾大父塚。會先妣王夫人病甚，請於仙乩，云「祖塋不安」。先大夫出與霆父子言，不聽，反被詈辱，遂鳴之署邑篆者唐公。甫斷贖，而族伯霆移怒於余。會有豪宦奪田事，以二十金啗之，霆竟誣告於督學使者麻城周公。人皆爲余危之，余笑曰：「求功名，以爲祖塋也。(令)〔今〕爲祖而損功名，庸何傷？」怡然安之。訟卒直，然苦無贖價，劉夫人脱簪珥質銀一十八兩償之。數十年之棄地，一旦復還，塋前始有明堂矣。

3 先大夫又以塋旁地向屬族兄鳳臺昆季家，佃於細民，多積糞穢，塋被踐踏，命余併贖之。余雖食貧，性不喜稱貸，然恐拂先大夫志，特爲貸銀取贖。亡何，術者云，沿河一帶宜造房以扞塋，約費一百二三十金，先大夫命余以秋中始事。時正乏銀，欲少需至冬，先大夫有不豫色。復貸之於一門生，市木興工，構房一十九楹。先大夫躬自督責，冬杪落成，喜曰：「吾願畢矣！」是年田租，盡鬻之以償前負。塋地既復，收歸本户，代一族完糧。每歲清明，必於本日致祭，先期約族衆二三十人合祀，而於舟中享餕，四十年來未嘗有廢也。

4 先大夫年踰艾，猶爲塾賓。余請曰：「兒幸有脩脯，足供甘旨，請大人早自休閑。」因放生徒，與邑耆數人結延齡社，月一舉會，供具整潔，盡一日之歡。居平或有一二客至，劉夫人必飭厨啓關，留飲使各盡醉。至芳辰佳節，登覽嘯歌，又令人備壺榼以從。如是者垂二十年。

5 外祖王公乏嗣，比殁，余營葬事，迎外祖母同居。未幾，先妣王夫人見背，外祖母傷之，曰：「只一女，不及視我天年。」余慰之曰：「有兒在，與吾母同。毋自苦也。」安養二十年，喪葬如禮，歲時祭享必虔，掃墓不輟。

6 先大夫性直而剛，每與先太夫人片語不諧，輒怒，徵色發聲，狀若不能堪者。余以先大夫體弱，曲勸王夫人忍之，而先大夫怒猶未已。余跪請數四，潛邀所善親友過家，款留慰解，或攜遊他所，務得釋怒而還。

7 余每年所得館穀，必奉先妣王夫人收用。王夫人曰：「是汝苦心所得，何必予我。且汝婦或亦有用，可量存二三。」余終不敢私入分毫也。

8 先大夫好蒔花草，見輒買之。余赴館時，必以杖頭錢奉先大夫，備不時之用。而劉夫人亦每日預戒隨行童子，凡有用，必先報知，一一備完，以應所需，毋致自費一文也。

9 先妣王夫人年五十，忽病噎，余心憂之。時所處窘迫，而醫藥禱祀靡所不至，第不能遠致名醫，每用竊嘆。病漸成膈，後水漿不下咽者浹旬，余日夜泣。一夕，夢見土神周孝子賽會，余攀輿求救。詰朝，謁神廟請香水回，王夫人聞之，問何香。余捧湯進，王夫人以手揮之，曰：「毋苦我。」余跽請曰：「此即頃間所聞香味也。」强而後飲，一吸而盡。自後復進飲食，適遇誕辰，親族稱壽，俱慶再生。延至逾月，前病復發而逝。嗚呼痛哉！

10 先妣王夫人寢疾，時一妹一弟，未字未聘，意深念之。余跽而告曰：「此兒子事也，請勿憂。」王夫人謂，妹照聘爲嫁猶可，「汝弟娶婦實難，奈何」。余因急爲弟擇配，得沈公之甥女石氏，貸銀於布商，卜日納聘。太夫人喜曰：「吾可瞑矣。」

11 隆慶戊辰春，民間訛言點選淑女，一時婚嫁紛起，邑中如狂。先大夫以余妹未字，日夜憂慮，有勸且從俗不必擇配者，先大夫將許之。余曰：「若選也，兒當從之京師。不然，奈何棄之非偶？」反復開譬，意始解。未幾，訛言遂息。至壬申，始歸於朱氏。

12 先大夫素有痰火症，年踰六十，余即預覓桫板。每有板客過崑，必浼識者選買，或治酒榼，或待午飯，板雖不成，亦以程儀三錢致之。如此七年，竟無善板。後於丙子年，託浙之鄭君，往洞庭黄山置買，藏於外家。迨迎養時，余遺書外父，謂刑曹非五年不轉，家父年高，須攜之來，但不可使見。已而先大夫堅意不出，即以板爲辭，謂一往京師，恐難再得。外父答以攜去，先大夫云「攜則不祥」，外父又委曲勸喻，方允入京。密攜此板，行至直沽，浼同官趙行吾致書相知王氏，寄於其家。後先大夫南還，又攜之歸。先後舟人犒費頗多，不惜也。

13 余不收童僕。先大夫偶收一童子自隨，有一鄉棍來争，大費區處，得不至奪去。亡何，此僮夭，復徧訪城市，以善價置一僮代之。一切衣食，囑劉夫人善視之，俾安心事主。隨行一十餘年，先大夫意甚適也。

14 余性友愛。有高夫人所生女兄歸寧，余方六齡，必挽留多日，瀕行牽裾，一就道即呼而泣。後女兄移居真義，距城頗遥，每徒步往視之。歲時問餽，或迎款於家，殷然無減於同胞也。迨其卒也，余官武林，聞訃大慟，躬自爲文，捐俸而厚賻之。女兄生三子，皆清素。每歲中，各有贈遺，教其仲子遊庠。其伯子喪妻、季子娶婦，皆捐金助之。後伯子喪葬，又遺之賻。

15 余弟以戊辰就沈氏成婚，先大夫宴待媒氏，余親自釃酒，劉夫人躬點茶湯，一應禮儀，俱爲代備。堂中貯租米二十石，一時賞賚俱盡。自後時有餽遺，而沈以無嗣，家將分，因接弟婦歸養於家。越三年，弟婦意欲分箸，余泣請於先大夫曰：「兒方慕九世同居之義，豈忍吾弟異居？」先大夫曰：「我無遺産，何以分爲？但汝弟既不能制婦，聽之便。」因以十八金爲置城南別業，授田數畝，併撥家伙以居，而時時邀弟入城侍先大夫飲食焉。

16 萬曆癸酉，秋試三場稱意，卜又叶吉，人咸勸余留待鹿鳴。念先大夫之七袠，九月初五誕辰，倘不早歸，弗獲稱慶，因遂返。抵家五日，報至，先舉壽筵，而後入京。

17 萬曆庚辰，余登第，初授刑曹，即遣人迎先大夫。而意不欲行，聞余將請告，乃强攜家眷至京。越三宿，即欲歸。余百方勸喻，日治壺觴，覓肩輿往遊大内之後苑及諸名勝，冀少挽歸志而不得。又延所善胡封君者，談笑移日，諄諄勸之，而又不得。時故相張公禁人歸省，余擬棄官以從，先大夫怒，爲之不食，隨附一同年茅丈心源舟回里。自後夢思日遶，忽忽不樂。每赴部，必掣籤於關聖，以卜安否。同舍郎見余顏色日悴，輒問曰：「疾耶？」余曰：「無之，第思老父耳。」杜門三月，不得請。從所親王公槐里借差，日伺其門，王陽爲諾而陰拒之。余方亟治行裝，而訃至。嗚呼痛哉！時家眷亦在京邸，以力薄不能治陸行之具，勉僱一民船，而河冰未解，需至二旬始發。一路不受程，不討夫，晝夜兼行。至崑之三里橋，即跣奔抵家，一慟欲絕。以後哀毁，幾至不任哭踊。追恨不能棄官，而悔已靡及矣，嗚呼痛哉！

18 自余登第後，余弟入城侍先大夫。凡日用一任其出入。迨先大夫背棄，弟不及俟余之歸，竟已治喪，所費不貲。余抵家，另治喪。前所費，余皆任之。

19 余自奔喪回，即欲覓吉壤，以定新阡。因延地師劉鳳岡爲相擇，雇船遣人，日備供應，令其偏訪於邑之四隅，或十日或半月方返。如此半年，始得地三所。正欲擇用，適麻城通家周二魯來弔，自言精於地理，先看舊塋，謂更無加於此者，勸令用之。嗣詢鳳岡，亦云新地不如舊地。遂築壙襄事，所費無問巨細，皆不使弟聞也。

20 東關浮屠之議，原爲砥柱吾邑水口，百年來向未舉行。有憲僉陳公，夢謁先大夫，以銅盆盥手，水中現出浮屠，擬爲余祥，面訂登第後成之，先大夫許諾。余持喪時，陳公來促甚，因與相知邢直指言之，發贖鍰七百五十金到邑。邑父母遂以前所罰潘監百金，付陳公經始。遲至十餘年，而工未完。陳公云，塔心例用楩楠，方得久遠，第價值貴，未有檀越，勸余竟成先志。余時拂意杜門，念先大夫諾不可負，勉質銀六十餘兩置之，更資工費竣事。至今浮屠矗立江口，爲一方士民造福云。

21 癸未冬十二月十二日，先父母就窆。余痛父歿之不能親視含殮，而余母之不及見余釋褐也，臨穴慟絶，殊不欲生。乃有慈鴉數百，飛集墓前，徧地成黑，嗚噪不已。葬者林立，麾之不去，葬畢哭止方散，衆咸異之。

22 先大夫治家以嚴，有一黠奴善於迎合，先大夫偶爾悦之，奴傒儕輩中或有小過，必時加讒煽，激先大夫怒。余恐先大夫因怒受傷，往往視其色動，代爲薄懲以解之。余堂兄爲之分别曲直，謂曲在黠奴，余曰：「孝子以父母之愛惡爲愛惡，即犬馬盡然，而況於人乎！」儕輩始服。迨先大夫背棄，衆謂此奴必且見逐，此奴亦亟求去，余特留之。後以病卒，收養其子。

23 萬曆甲申，余起復北上，先爲弟之子胤隆以廿金數幣聘於黄。後赴武林，以二十金予弟，令生殖完婚。比武林還，前金已亡之矣，更出銀，爲其子完婚事。

24 弟性醇謹，不能治生，所撥田又付其子訖。余歲以銀錢助其用，又每於官邸分俸相遺。至乙卯夏，又典城中房令居之。

25 余妹將歸於朱，余以魏氏束脩六十金助奩，衣飾盡從新製。製完，上其籍於先大夫，先大夫曰：「侈矣！儒家何必乃爾！況其聘不多，乃於聘外附益之乎？」余曰：「此自爲吾妹地也。」親爲裝箱，念先妣王夫人，哭之慟。既歸朱氏，往來人舟數費供億，不以清素簡禮。妹病久不愈，余往迎過家，醫卜祭祀，日夜無寧晷，所費不貲。病又瀕危，一日暈去，余自掖之，移時方醒。衆爲余憂之，曰：「已嫁之女，何與若事？而自爲招災。如不諱，奈何！」余曰：「吾以父之愛妹，求安父心耳。即不免，亦何悔！」後調理浹月，朱氏來接。恐殞於舟中，預備湯藥在内，令堂兄侍側，余隨後送歸。是日即愈。

26 朱氏故饒於貲，後家漸落，妹嫁時衣飾都盡。余間常另置遺之，且歲贈以金，俾置田畝，以佐困乏。又以飯米不足，歲有贍米給之。生甥三人，貧不能娶，各爲助婚。長甥習舉子業未成，尤窘，余給以二十金，使贖回父田數畝爲養。

27 余弟有一子，少習舉業，兩次開送到府，府取送院，不取，後遂棄去。一歲中，在任則遺以俸銀，在家則遺以飯米。又常與處外家田四十畝爲業，旋即賣之。家貧，嫁女無貲，以銀相助。及子長，未聘，又助銀行禮。已而喪妻，助之殮。余弟有二女，少失母，每過家，劉夫人必爲置辦衣服花朵，迨于歸時，余各有所助。後俱貧乏，余已歸田，歲時亦各以銀米相贈。

28 同堂弟兄子孫，有習舉業者，各爲開送。如姪則開送府縣，姪孫則開送到縣，不論幾次，游庠則止。

二　睦族

1 余族衆散處鄉城，先大夫又居清素，多不往來。迨余爲諸生，稍稍見過，必留款，或止宿，自後情誼漸洽。

2 族兄某，與周大理近親，託渠管典。先大夫爲條銀，急往典典銀，待之良久方出，辭以乏銀。先大夫怒而歸，久斷交往。余入泮時，兄來賀，先大夫欲不與見，余曰：「世情自爾。念係祖宗一脉，當受而留之。」終兄之世，不絶。

3 從伯某鄉居，向不至余家。一日偶過，款之頗厚，以後不五六日即過。余雖在外，劉夫人待之如前。每對人曰：「使我樂而忘歸。」

4 堂兄某，家中落。每日邀之，陪先大夫同飲食，衣敝，輒解而衣之，一歲中，遺米至再。兄殁後，子孫頗多，俱貧。每歲給以銀米，有婚喪未舉者，並助之。

5 初，先大夫自爲生（礦）〔壙〕於邑之迎曛門外朱村，先伯父棄之，以其值另置今塋，葬先大父，伯父與先大夫皆祔於側。形家謂余曰：「穴多矣，戒勿再葬，庶安兩房。」堂兄某因有卜地之議，余隨以米六十斛助之，爲置新阡。及葬，又以銀爲賻。

6 堂姪某，借冬米爲市本，久不償，以其僕夫妻抵。余還其僕，餘不問。

7 有一奴，負余金竄居於外。後卧病，僅存一妻。堂兄私鬻之而收其值，余不與追。

8 祖塋明堂，先爲族人盜賣，余家先後贖回，承稅久矣。其子復求穴外抔土爲壽藏，先大夫難之，余曰：「此亦祖宗之後也。」力勸許之。

9 族叔某死。其所分塋旁地，已受余直矣，仍欲卜葬。余許之，且賻以金。

10 族兄某，爲其父抱詞誣訐。問官訊虛，欲責其父子，余並爲乞免。其父子歿時，俱行會奠，且照拂其子獲免差徭，家業日起。

11 族兄某，以損壞祖塋得罪於先大夫，義當絶矣。猶念誼同祖宗，於其殁也，拜而賻之，并恤其子，各獲成立，歲時且與宴會。

12 族姪某，借銀飾爲質，三載不歸。劉夫人曰：「此奩中物也。」心念之。余憐其貧，竟不收責。

13 余歲賦早完，族衆有寄田而不完賦者，累僕追比。余爲代完，任渠積欠。

14 余自筮仕以來，歷任雖久，以性不近利，宦橐蕭然。第每歲至冬，遣人回家，必以常俸所入，酌量多寡不等，分送弟兄叔姪姪孫輩，以致其情。

15 余轉官或奉差到家，弟兄叔姪姪孫輩，各量情致禮。内有討取舊衣者，即解以衣之，甚至襯襬亦付與改用。

三 攻苦

1 余家在南小虞浦祖塋之前。七齡，受章句於河西秦師，每日唤渡來往。明年，往北一里從吴師。閲三載，先大夫携余館於郡之山塘王氏。每赴館，輒從西關附舟，至婁門登岸，徒步由北齊、金閶二門過彼，可二十里許，抵暮方到。歲以六節來歸。明年，又携余偕先妣王夫人館於邑南之白田，距城五十餘里。又明年，歸而授徒於邑之西溢瀆村，課余作文，兼代理館課，間一日過仲父確齋公所，聽講評文。亡何，島寇至，廬舍被焚，入避於伯父懷蘭公之客座，以一屏爲障，四壁蕭然。王夫人置行鍋供飲食，而伯父又以突烟，令就庭中炊，雨則張蓋。已而伯父移居東偏，爲借庭除隙地，依垣小築，上覆以茅，門近厠所，晝常掩之，從南牖受明，如古穴居狀。

當是時，先大夫既鮮館穀，惟藉太安人緶纑糊口，室中更無長物，先姑陳孺人授以一榻一卓一杌與居。余心私計曰：「貧如是，匪讀書曷以起家？」遂發憤修尺蠖之業。日親筆硯，夜與王夫人共一燈，漏下二鼓，王夫人就寢，止余讀，余陽諾而諷誦如故。王夫人聞而切責之曰：「孺子！汝不惜燈油費乎？」乃匿燈桌下，火盡則止，隨想一題，具腹稿，以待昧爽録出。先世藏書既燬，力不能更置，每從親友借抄，先大夫歲置筆十枝爲用，隆冬無火，手指凍裂。余既從仲父學，聞三從父龍橋公有文名，每伺其外歸，夙興往候，以文質之，一得評騭，忻若發覆。又置一手摺，遇有疑義輒記之，從明者請質。夜閲綱鑑性理，摘過標題，如坊間論草有一題逸睹記外，輒愧汗下。所爲文憑寫胸臆，一脱稿讀數過不休，每晨起輒讀一過，字有未當，必竄正之。更取衆所膾炙者一首，相與印證，倘不若人，即毁稿另製，以故經書義有一題得五六首者。每歲積文，以三百篇爲率，按月檢點，不足輒補。初猶日製二義，十日作後場一篇，夜則温習經史及古文策略，以務博洽。後以坎壈場屋，五日會書義七首。登第後，稿多散失，猶積二簏，藏於家。

2 余年十四，有傳琴川考童生者，堂兄偕余往。時日將晡，覓舟不得，步至巴城，投宿野寺。夜分即起，戴月履霜，沿湖渚而走，天明飯於唐市，狂奔竟日至琴川。寢未交睫，邑令王公忽取廪生結呈，乃從居停叩陳君鎔門，以一金爲請，良久始出。又無應門爲代携衣巾，至試所入試，僅得一桌，立就三義。交卷出，兄欲附張君舟先往，令余還謝居停。比出關，天已暝，失兄所在，偶有陶姓者指點，始追及之，少憩其家。兄中夜又起，將歸應東倉試，余不得已，從之行。行一舍，天明，有微雨，匍匐荒徑，暮抵邑城，門閤不得入。時雨勢益大，平地尺許，相與出銀，浼守者縋城而上，至三版，綆幾斷，魂不知所之。一入城，履行水中，歸見王夫人，一揖仆地，卧榻數日不能起。是役也，身方苦瘍，力疾往返二百里，饑二日，傾跌七十餘次，幾以命博名。名既録，又爲居停主所賣，余始信爲兄所悮，心益發憤矣。

3 余幼讀書，安於淡素。每自館回，從伯父堂中過，伯父羅列豆觴，呼余飲，多辭不赴。間一赴之，勉爲舉杯，不下箸即别出。後有東鄰，見余勤苦頗能文，令與子同筆硯，食有兼味。一日，謂余曰：「如此供應窮秀才，恐亦難得。」余遂謝歸，歸惟日啜虀鹽，無葷酒。外祖父王公，越五六日入視王夫人，輒歎曰：「兒苦矣！我當以肉啖之。」始知肉味。

4 嘉靖丁巳，余年十七，適姚江周宗師按臨吾崑，余應童生試。邑取送府，府取送院，倖俱見録，始聞之先大夫。凡三試，無絲毫費，惟謝郡侯日，以分金搭船而回。時余衣服，冬一棉、夏一苧，即佳節如之。有所親謂余曰：「子今入泮，可製新衣，以便處館。」余應之曰：「昔人有及第志，不在温飽者。可以一措大遽自侈乎？」明年冬，先大夫以銀錢許，置一西襪畀余，投足輒壞，自後仍用布絮爲之。至成婚，方市一舊藍紬單道袍見客。後雖入仕，除章服外，不尚錦綺，惟喜服紬絹舊衣，以敦雅素云。

四　貞教

1 余秉性方嚴，教規整肅。每日課業，如背書、講書、作文、看性理通鑑等項，各有程限，一一要完。文不合作，必令先改，後爲竄正，即善作者亦不過爲褒獎。歲所從遊，不下二十人，十日一試，試必列等，有不進者，夏楚加之。即已冠進學子弟，略不少假顔色，唤必稱名。館雖近家，有事方回。拜客過門，亦多不入。人見，謂執古。余以爲，必如是，乃稱模範，始終以之。

2 門生唐應元，少余三歲，以屢考不利，務要相從。余見其文晦滯，不利進取，勸令大改手筆。教有二年，終不肯改。一日，文内有最粗至惡詞語，深斥其非，生猶自是。余謂貌師心嘲，安望有進？因欲麾之門墻，生又强留不出。余曰：「若果欲留，當用夏楚！」詞色俱厲。同館諸生代爲請罪，曰：「此非唐生自撰語也。原有録本，平日嗜好，以故竊入文中。」余索而觀之，果係同庠名士所作。余曰：「此兄不中，病正坐此，豈可效之？」將投諸火。諸生並求免燬，因封固，不許開覽。自後痛改前轍，一味清新，館試必取第一。余心甚喜，力爲游揚，先令舍弟及内弟與之相資，以風邑中之延致者。未幾，府縣優簡入學，庚午、辛未聯第。

3 丁卯，余館於邑城王公某家。其長子質敏而欠沉潛，爲文率多剽竊，師長又爲潤色以取悦乃祖，乃祖亟稱之。迨從余時，既禁抄謄，又不虚獎，每試文不如前。其父恐失愛於祖，令人示意，欲余倣前師所爲。余念順之則昧心，逆之則賈怨，遂託疾力辭。親友力勸，卒不往。後送脩金，堅却不受，親友相繼見迫，因勉收四分之一，以便其别延云。

4 金陵徐公纘勛，延余教其二子，夏間移館東園，地與平康相接。二子既未成婚，教坊又係當直，恐起狹邪之游，每夜將書房關鎖。稍涼，仍還府内。余因念先大夫年高路遠，又見供給太厚，非儒生所宜，即於秋中力辭明歲之約。至冬，公遠出未回。一夕，余已就寢，適聞中門外有喧聲，令家人視之，知二子酒後以言相角。余即起坐，唤來詰問，二子長跽不言。余責以大義，謂平日教誨，先在孝友，今中宵喧嚷，震驚高堂，是不率教矣。「且尊大人以二令叔不和之故，至今杜門。此猶異母，各在析箸之後。汝兄弟固同胞也，時尚未娶，而先已參商，不傷尊大人心、爲二叔所笑乎？」二子聞之，泣下。余猶欲以夏楚威之，渠祖母差幹僕多人，叩頭祈免，余即欲辭歸。二子益惶恐請責，矢以再無間言，又所親姚公入勸，遂令拜先師，及兄弟交拜而釋之，二子隨即歡洽。迨公東歸，向余拜謝曰：「此真父師恩，何可報也！」留至臘日而别，父子皆流涕。後長子煜以丁酉鄉薦，公猶走書幣來謝。次子焕飆於庠，今將出貢矣。

五　勵節

1 庚辰春，故相張江陵見余卷，謂座師劉太史曰：「天下有此等秀才！吾不知其人何似？」意欲余一見也。太史微言之，以觀余意，余曰：「門生未授職，不敢輕謁相公。」太史深以爲然。

2 僉院王公少方，爲張江陵私人，挾權傾動朝士，每對劉太史言，諷余相見。太史述其言，余不往。未幾，王晉少司寇，適余授本部主事，入見火房，公曰：「前日屢欲請見不得，今借重在衙門，此天緣也。」亟問余窗稿，余曰：「無之。」又問選文，余曰：「連歲館於董宗伯家，就彼繙閱，無現本。」公作色曰：「文章，公器，公獨私之。己作，吝教，乃坊刻亦吝乎？士中甲科，即腰玉有分。第要小心，不則銀帶不穩，如吾州姚太守可鑒已。」遂拂衣起。余出，公告於同邑方丈斗華，斗華謂余曰：「兄何唐突堂翁？」余笑曰：「此以正對，非敢謾也。」自後公始絶意於余，再不訊及。公敗，朝士多坐貶斥，余獨免。

3 余自放榜日，大座師申相國於三百同年中請前五名同見，嗣又請余另見，談及臨時更換榜首之由。自後並隨同年旅見，更不私謁。太史劉公謂余曰：「廷試在邇，貴同年多有私謁相公者，公何不往？」余應之曰：「師門不可疎，相門不可數。況試期近，當引嫌耳。」公喜曰：「吾輩正合如此！」迨相公當國，余在郎署五年，惟朔望及節令到門投刺，公事見於朝房，踪跡落落，遂以外補。迨罷相後，言者吹求吾郡縉紳，動以相公藉口，惟余獨不齒及。

4 甲申北上，過彭城，同年姜養沖謂余曰：「吾鄉銓司久缺，以待年丈。何不早行？」余曰：「弟非其人，且在彼不便，不若遲遲。」姜曰：「近有陸年兄靈巖過去，想先得之矣。」比至京，陸丈已還，缺猶未補。一日，有臺中蘇懷愚見顧，門者辭之。下午復來，仍辭去。越一日，始往報謁。蘇丈唧之。未幾，前缺竟補陸丈。後蘇至崑，對所親朱君曰：「銓缺久屬於李，我特往報之。兩次不出，報謁又遲，且不求面，其倨若此！迨申老師問及前缺，初言李，我不應，後言陸，應以極當，遂補之。」明示怙寵竊權，誇耀閭里。外父劉翁聞而寄語，余答之曰：「前之不面此公，正欲避此缺耳。」

5 銓司顧年兄涇陽以建言謫外，外議鬨傳以余代之，其火房人役俱赴寓求見，力辭之去。舊例，凡代此缺者，多藉同鄉大老舉薦及前任自舉，余俱不留意。後竟以宣城麻公爲代，人咸訝之，不知余以不補爲幸也。

6 緹帥劉守有結納權貴，凡館閣諸公，悉遣其子從游，餽獻絡繹，諸公皆亟稱其文。有院試二作，託少司寇耿宗師命余評騭。余不知其爲劉也，據臆評之，適中學使者吴公品騭。公遂介宗師求執經，且曰，歲當以百金代之具僕賃。宗師謂是可佐清曹之費，力爲慫恿。余心自忖曰：「此生既有譽於諸公，吾不譽則取怨，譽則昧心。」遂力辭之。劉公意未已，復介余門生劉孝廉爲言，乃乘習儀日，先命其子持禮幣過邸中，使入偵余歸，即來謁。余從馬首望見之，隨止於同年董繕部家，令孝廉代辭，不受其贄。公怒，語人曰：「吾子不棄於館閣諸公，乃棄於一郎署。何其狎侮人若此！」余聞而笑曰：「使天下知有不可奪之郎署，或亦不輕朝廷乎！」迨明秋，落格，劉公乃瞋目厲聲曰：「諸公譽吾子者，皆利我所有，謬爲好言相欺耳！惟李公，知吾子不肖，麾之門墻，此不以我爲利而欺我者也！」時有門生詹淑館於其家，述以告余，余笑曰：「向早從耿宗師之請，今日亦在詈中矣。」

7 初至浙中，少詹羅公康洲遺書來賀，内述庚辰場中對房相知之意，似欲認作門生，余直以侍生爲答。適憲長蔡公聞之，勸以仕途套習，當易「侍」字，余曰：「如此，何以别於本房座師？」卒不易書。

8 余視浙學三載有奇，場事久竣，未見陞轉。同年侍御鍾公化民謂余曰：「掌選乃劉用齋年兄，公祖何不一致之？」余笑不應，鍾曰：「弟爲代致，甚便。」余力止之。後轉荆南，以賫捧入京，偶會劉年兄於公所。劉云，地近甚便。余謂自吴至荆有四千里，何云近也。劉云：「既遠，何不與弟言，另調近處。」余曰：「再遠亦安之耳。」

9 四明之役，沈公蛟門爲舊堂翁，有子大鴻，兩試俱列三等，恚憤殊甚。後以大拜過吴，會於金昌，沈公謂余曰：「小兒向承公祖不屑之教，尋蒙蕭公祖考取第一，幫糧矣。」余應之曰：「士别三日，便當刮目相待。令郎别去三年，今秋即應高捷，何況幫糧。」公默然。

10 余赴黔役，行至西江，力挽按院同年趙公以患病代題，堅不肯許。二司多係同鄉舊寮，力勸前行，勉强到任，不解行裝。藩司楊公歸儒、王公恩民來拜，數數問之。余曰：「歸興尚濃耳。」二公又問：「楚中兩院，得無稍有郄否？」余曰：「無之。」二公曰：「徐直指，不可知。郭中丞，多慾人也。今入僉院，應有賀儀，若中其歡，何郄不解？」又引黔中彭、王二公已事爲證，余笑而不言。越二日，同年沈公一中，走使來述中丞求多之意，勸余致賀以柔其心。余念得失有數，若圖倖免，於義命有違，倘執此爲辭，則於名節有玷，因巽謝去，止具空函，差吏入楚。比至漢陽，郭已泊舟，見有送禮者七人，半是見任。問余吏禮儀，告以未備，七人勸令先投。投文入舟，初時亦喜，傳示「何煩遠來」。明晨伺候，既見空函，即喚領文，僅報數字。比吏返黔，而邸報至矣。楊、王二公隨來慰問，惜余不用其言，余笑曰：「幸不送禮，猶可稱人。」即日出省。還過漢口，楚中舊寮以輕舟追及，皆言，余力保岳守，竟被中傷。余一無怨悔。正出澧陽驗文，有收貯操賞銀一事，示之，諸公曰：「本卻金也，疏誣收受，説謊謂何？」方別去，而二司諸吏各以中丞不法諸狀開單投余，余笑曰：「如此而得僉院，吾歸宜矣。」

11 往在浙中，左伯蔡公見麓謬加器重。後蔡爲少宰，適余聽調家居，蔡語年家萬儀部建崑，令致意於余云：「如論公評，即當起補。但據部例，還當赴京。」趣余亟出，一到即補，一補即遷，意甚隆厚。余答之曰：「見翁垂念，似或有以取之。若亟亟一出，其所取者盡喪矣。」卒不行。越一年，赴京，蔡已予告，移在城外。余往視之，相見太息云：「空負相知，何以爲情也。」

12 余在春曹，張公洪陽來拜二次，且託座師劉太史謂余曰：「張公方收攬人物，每首及公，欲得一會。」余雖諾之，終不一面。後入補粵東，時張爲首揆，同年張青徠在彼候見，適余至，張先延余入，一見甚懽，坐下即云：「老先生與余同中二名，不宜枉屈在外。」語意甚温。余心知之，不敢藉其引手，迹猶落落。未幾，以賫捧入京，仍無所餽，相見不接片言。比抵潞河，張公已罷相矣。

13 往，孫冢宰立亭以咨訪不對，怒轉黔中。已而詢及司官錢心卓、閔翼墟、梁醇宇、曹愈參等，各陳余居鄉居官善狀，心殊悔之，遺書到崑，大加慰藉。余未有答也。亡何，孫亦去位。越十四年，復召還冢宰，海内無不馳賀。余以前書未答，召還則賀，似近世情，遂不之舉。後於庚戌入覲，以此公向負清望，不敢以世禮相加，僅以身謁謝，渠但頷之。不知此公晚節已改，大受賂遺，彌觸其怒，以致七年藩俸，執不肯推。

14 内監李鳳來管廣東市舶，原奏税銀每年肆萬兩，及查各年收數，俱在二萬以下，餘要湊處。鳳聽奸民條議，以六十四款足之。余適署藩司，屢請兩院執奏，不允。一日，鳳來謁，以揭送余，余不受，鳳怒曰：「入廣餘月，不得千金進獻，心甚忙迫，老先生猶不議處，我必以阻撓劾奏！」余曰：「税出夷商。夷商未至，自無税銀，乃欲小民代賠，豈能當此魚肉！昨日百姓大嚷一場，民情已見。若汝論我阻撓，我即以激變論汝！吾輩身在地方，先務保境安民，豈得助汝爲虐，再激民變乎！」鳳忿，徑出，余亦不送。詰旦，鳳復來拜，余不出接。入後堂，笑曰：「北人粗暴，昨又醉酒，得罪，幸恕！」余以默應之。

15 制府戴公在省，余入見。公出鳳揭，手授於余，令爲議之。余却立不接，言於公曰：「民代夷税，事決難行。昨鳳送揭，拒之，相嚷而去。若老先生行牌，本道方敢遵奉。鳳揭，不收也。」公命暫且收之，余終不收。時有同年章中缶從旁解之曰：「守道執得亦是，老先生不必强他。」公方收揭以進，變色言曰：「此是做官的風采。我向無此風采，叨冒至今！」不懌而出。

16 廣東按院顧公，亦以議税移書於余曰：「貴道執泥如此，不佞且不知死所，貴道安得晏然而已乎？」余謂，李鳳入廣，本道功名死生業置度外，然亦恐不至死，無慮也。已而兩院會行藩司，尅期俱赴貢院另議，置酒邀臬司相陪。獨自具稿，止許鐵鍋等三税。公問余，何不開牛判。余謂耕牛有功，宰牛有禁，食牛有報，況廣東多盜，半起盜牛，見奉明旨有禁，豈敢擅開。公謂宜從權以應，余終未許，公怒，即欲投擲茶甌，制府解之。已而，見疏揭内有「中使到省，市不易肆」之言，余以此事不行執奏，尚恐生端，矧諱民變爲相安，他日何所底止？冒暑往約臬司入勸按院。憲長王公云：「直指之疏，詎可令改？」辭不赴，幸章丈願陪。次早同見，公先問憲長：「小揭如何？」亟對曰：「好。」余默不應，且問大疏曾發否，公曰：「得無有説？」余以前情爲對，又以執奏勸之，語未竟而色變，同寮不助一言，遂别而出。越二日，疏發，内止削去「市不易肆」等語，餘仍舊。後總憲温公復書，嫌前疏太軟，公乃揖余而謝曰：「昨因見教，削去前語，堂翁猶以爲軟。不然，益見嫌矣。」

六　持廉

1 余性狷介。童子時，有以筆墨少物見遺者，並爲謝卻。比長，與親友往來，樣禮亦不敢輕受。若係尊行，勉收即答。如幼輩，量收一二，留款而别。

2 同社顧鳳山與余善，乃翁自蘄州回，有佳葛，見余(嘗)〔常〕衣苧袍[一]，欲以一端爲贈。余曰：「葛誠佳，余性愛白苧耳。」巽謝之。

3 余將娶陳夫人，勉置一縑。有友問直幾何，余曰：「二兩四錢。」友謂太貴，欲余取還原直，代置以省價銀，隨令家人爲余代縫，以免工價。余力辭之，蓋不欲以微利煩親友也。

4 隆慶戊辰，館於魏上舍家，束脩四十金。秋間議留，以冬春二季脩儀二十兩見餽，業已受訖。是冬，叨與恩薦，無暇赴館，隨以所得坊銀如前數送還。有一二社友見余食貧，力止余曰：「北上需銀正急，不與貸，反償之乎？即欲償，與明春十金足矣，何至併今冬者還之？」余以曠館三月，受之不安，竟併送還，且副以八榼，囑平頭曰：「若不受，毋領回書。」上舍遂收前金。

5 是年夏，里中李龍溪，以杭州米行欠銀二百餘兩，該道徐公，余年家也，以二十金浼余往投一紙，余固辭之。有所親勸余曰：「往返數日，而得半年脩金，有何不可？」余曰：「俯仰貴人，即千金且不願爲，況些小乎？」

6 辛未，金陵徐錦衣延余教其二子。徐最尊師，凡法書名畫，見余稱賞，輒送，余亦輒辭。一日，請賞牡丹，有大紅一種，開花四朵，余偶稱佳，遂欲遺余。余知其價貴，辭以「土各有宜，或敝邑之土不宜此種，恐虛雅意」，竟卻之。

7 金陵徐府有腴田在崑邑東，佃户欺其窵遠，多負子粒，徐欲棄之。余適館於其家，外父勸余置買，必不計值，余曰：「爲人師範，而圖小利以自輕，非體也。」竟不與言，其田竟以賤值別售。

8 萬曆癸酉科試，南臺胡侍御湛臺實首簡余，是秋得雋，甚驩也。已而胡以巡江按吾郡，有内戚夏君知余爲門生，特從郡中過余家，以八十金浼准一詞，余力辭去。余令人偵其事竣，方往謁於胥江舟中，胡曰：「何相見晚也？」余曰：「老師按部，不敢早謁。」胡笑曰：「君守義甚高，不佞何以爲情！」太息久之，以四金見貺。後余登第，丙子春，邑有王姓者，以憲訪繫郡獄，里中人乘機紛紛挾贖田産。有朱君者，以七十金屬余贖田，余曰：「乘人之危，不義。吾雖貧，豈可爲小利而冒此名！」朱强之再三，卒不應。

9 己卯，余將北上，行資尚乏，外父劉翁謂余曰：「聞京師，制錢每百，一錢三分，此中只賣四分。若以三十金買錢以往，利當三倍，何必預備多金以行？」余曰：「此去求名，非求利也。名利豈能兩全？吾不效賈人射利。」力勸，弗從。後至京，見錢果貴，心亦無悔。

10 辛巳冬杪，余聞先大夫訃，急欲跣奔，苦無行資。大宗伯徐太室來弔，謂余曰：

「貴門生董主政，受恩深重，宜有厚賻。」余答云：「昨奠十金且不收，況賻乎？」徐公曰：「道遠官寒，非數十金不可，毋過拒之。」後董因堂翁言，數遣人來，欲賻金相助，卒不許。復言之再三，余曰：「但借我三十金，歸即送還，可矣。」因以三十金見借。比至家，隨賣米如數償之。

11 壬午歲，邑有富人陸姓者，以田七百畝、宅一區、僮奴二十人爲獻，乞余收管，而身自耕余田，歲且以百石見餉。時余正乏綱紀之僕，外父勸令亟收。余疑其不情，細詰之，陸故與叔仇，日懼罝訪，而四郡司理與縣父母皆余同年也，欲豫爲之地耳。余曰：「果爾，余將代受惡名。」固却之。亡何，陸有義媳縊死，被訐於縣，賫二百金屬余一言。余笑曰：「如當時收若，即無金，當爲若請矣。」卒不許。陸隨以四十金，浼二孝廉請於劉父母。迨送出縣門，屍親交口而詈曰：「公等何不學李大人？彼卻二百金不受，公等乃爲四十金出力耶？」邑父母斥之，不去，二孝廉大窘。已而劉父母詢余，余曰：「無是也。」

12 癸未，嘉定有富民趙文炳者，爲直指訪挐，行同年楊司理究問，浼里中凌君以二百金求書致楊，令寬箠楚，余拒之去。後屬司理座主錢直指遺書寬之，止餽百金。凌謂余曰：「人言臺中要於比部，今直指易與、比部難浼，信存乎人也！」

13 甲申，服闋，將赴京。劉父母念余家澹泊，欲助行資。會里中有粟監許某者，户田千頃，詭寄當徭。故事，計畝輸銀，可得千金，遺書屬余居間。余以此事有三不可：徭，公役也，而輸銀私家，不可者一；粟監，亦士大夫後，乃令助士大夫之行，不可者二；且無故而餉同年千金，損賢令長名，不可者三。因入謝懇辭，公驚嘆曰：「慮不及此。」事遂中寢。

14 是秋啓行，柴某來謁，謂其甥周某以童生應郡試，乞先容於郡侯，余辭去。復再三謁請，曰：「引進後學，此美事，亦搢紳通例也。」以四十金見餽，余終不之許。會余弟貧，欲以此相助，不得已，以金授弟。適郡侯朱斗山見召，乘間爲言，侯欣然許以優簡，留一揭爲識。行次滸關，此君復來言，郡試尚早，其母恐至期忘之，奈何？余察其有他意，笑謂曰：「前銀具在，可持歸耳。」遂於弟處取而還之。後周竟以優簡入泮，余奉差還里，其母以榼禮來餉。余問何爲，曰郡試借重，故以相遺。乃知，前銀爲某所乾没。

余終爲諱之，卻其餉。

15 乙酉冬，余自禁闈事竣，浮江東歸，壽外父劉翁。翁以陳姓者贖田事，屬余致劉父母，手持一田券與多金，任余所取。余以贖田非例，且奪之於瞽者，心亦不安，力辭之。翁曰：「此事批衙，但付衙官一帖足矣。」余終不允，翁遂拂衣出，又令顧倩爲言曰：「大人廉介不取，盍以予壻！」余曰：「分俸則可，前銀則不可取也。」翁聞之，益怒，余一付之不聞。

16 余守祠部，時大司馬張公岷徠之子某請謚，具有多儀，三及門拜而相懇，余曰：「易名大典，自有公議，何敢干之？」峻辭而去，卒不爲題。

17 壬辰夏，浙藩臬俱缺官，余一人代署四篆。每晨起，先完臬事，隨過藩司。自送午飯，即通吏例供茶點，亦不令備。二司公堂紙劄油燭等項，約二百餘兩，一毫不取。

18 浙中織造龍袍，價值甚浮，每赴藩司支領，例以九五扣給。時中貴孫隆催取前銀，數凡三十萬，計羨餘有一萬五千金。中丞常公命盡給之，余既不欲襲敝規，又不欲壞成例，辭以徐徐。常公爲中貴督趣數四，令借金花額銀與之。余不得已，僅借十萬兩，命主者列銀桌上，任機户掣兑，每封重二三錢。主者力稟，照例併扣所重銀兩。余不許，盡以原封給發。機户堅不敢領，仍收入庫。越一日，常公又差謝照磨趣余，余勉開庫。主者計所給銀數，該扣五千有奇，稟請益力。余終不聽，仍給原封，戒之曰：「若輩獲利，當令均沾。不均見告，我以法繩若矣。且此亦偶然事，慎勿復言。」各羅拜去。其二十萬兩，徑不借給，蓋恐妨後官地也。詰旦，中貴孫隆率機户二百餘人來謁，因請拜謝，云：「無以報德，願公多生貴子，世爲公卿。」連祝三聲，叩四首而起。余謝不敢當，更囑秘之。先是，余往括蒼，飯於卻金館，見壁間題詠，盛張故尚書何公文淵卻金事，余笑曰：「三百金，何足張也。」吏胥竊訝之。至聞余事，十倍何公，僉叩首稱服。

19 浙中士風，極難相處，余待之甚嚴，絶不假借。陞任將行，有杭郡三學諸生，請中丞許公孚遠爲文，内列二十八事，製一錦帳，副以禮幣，約八百餘人送司。余閲其姓名，劣等皆與，即近日戒飭之沈道光亦與焉，業見輿情矣，但例所未有，再三卻之。諸生堅請不已，又浼憲副韓公萃善力勸，勉收一帳。隨以俸金十二兩付孫教授，令收貯，以代諸生異日公分之需。

20 是日夜，余赴公餞，回司時已四鼓，見諸生充斥街衢。黎明亟出，比至驛前，填塞已滿，殊不能容。余命散去，各攜小艇争前，一路相送。甫抵塘棲，而嘉湖諸生又來迎接，再三分付三學先回，仍復不止。由崇德過嘉興，以及平望，尚有三四百人，余欲西歷苕中，謁見座主范老師，力囑諸生各散。往返將及四月，尚有候於水次者。已，還里中，相繼入謁。時余庭宇甚隘，諸生又多，不能設坐留茶，僅僅揖送之出，託於一路力辭同袍，切勿前來。門粘一示，云已下鄉。後至者絡繹，終不與見，方止。

21 余將發武林，各鋪行攜羅段、縐紗、湖綿等貨來請收買，曰：「民等原應承值本衙門，今大人三年内不取一繒，空免差使，衆心不安。今榮轉，必有人事，民等且以待取。」余辭以蘇州自有，復禀曰：「各貨出産於此，價減蘇州。」余曰：「吾寧增價於蘇州置之。」一無所買，各行涕泣而去。

22 嘉興有監生沈某，家甚富，曾出粟千石賑民，捐田百餘畝助學，照例給扁獎之。迨遷秩，過彼中，先浼詞林黄葵陽關説，欲躬叩謝。固辭弗獲，容令舟次一見，饋有古玩幣帛甚多，一切不受。後報謁於黄，黄深以余爲不情。

23 余轉荆南，有同年蕭丈，以族弟爲託。比舟次儀真，其弟乃候缺光禄監事也，來謁，送禮幣甚盛。念已面辭，跽請收受，勉收磁甌十隻。迨涖澧陽歲餘，其弟復持蕭丈書求見，禮幣如前。余見書中諄懇，不得已，收芽茶一觔，餘俱卻去。蕭丈聞之，反以爲固。

24 余始至荆南澧州，州守送新鋪陳一副，卻之。守請量收，亦不許，守曰：「此係本道錢糧所備，價止二十四兩，自來收用。若不收，何所用之？」余曰：「第查各驛有缺鋪陳者，給發可也。」後發於清化驛，中爲驛丞盜去，被驛吏訐於撫院，詞内有「本道謝卻」之語。余私謂兒子曰：「籍令當時收用一件，招内亦明言之矣。」

25 巴東出茶，香味稍減於天池，亦稱名品。余守荆南，未嘗行票取用。會按部夷陵，鄉宦王公出供此茶，知余不取，乃曰：「敝鄉稱至清者，莫如趙汝泉公祖，自作府至撫臺，歲取茶三百觔送人。今公祖又過趙公遠矣。」

26 荊南設有標兵，每歲額編餉餘銀百兩有奇，閱操充賞。其給餉時，有小盡及不到者，亦扣銀充之。有餘，例備本道公用。余閱操，收存銀兩已足充賞，又賫捧八月、隨巡三月，皆不及操，前銀計存三百八兩零，收貯州庫。管守中請解道公用，余不收。迨賫捧時，解於途次，不收，仍批貯庫充賞。守謂前銀不入查盤，恐異時或有乾没，請余申明兩臺。時標兵正缺餉，每慮噪呼，而各屬所貯贖鍰、岳郡所欠公費，尚有二百兩許。余心念，若並留之，以待不時之需，是亦一策。業爲具文，將發，又念前此未有，忽創自今，近於博名，且於諸道相形不便，遂焚其草，併贖鍰、公費皆不取用。有華陽王昧一聞之，將記其事，立卻金一亭，余力止之。後郭中丞修郄於余，以此事入疏，謂余私取前銀。余不辨，昧一遺書於余曰：「蚤從宗人之請，寧有此疏哉！」余應之曰：「疏，止得罪一人耳。不以彼易此也。」越二年，楚中採木乏用，兩臺檄各屬，查無礙官銀充抵，沈守具報前銀，解司湊買。澧人士大喜，請於守，移文報余。豈所謂相谷得鈇者耶？

27 余領賫捧之役，先行各屬禁止照驗公文，以杜長夫之送。行次三橋，同年涂荆州偕梁别駕來送錦帳、公儀，悉不受。涂以自製黄精、仙茅請收，余曰：「二藥必佳，但生平未服，恐虚盛惠。俟詢諸醫，容取之耳。」及出境，有永守徐君、孝感蔣君等各送長夫，連批不收。有差人遠送至京者，時余寓天寧寺中，仍堅卻之，各役涕泣而去。

28 余遷秩將行，華陽王以二大鹿來饋，余辭之。尋又送二麂來，余方欲卻，管守固爲請，因以署中所畜一大鹿送去。名爲寄養，實欲相當。

29 澧州諸生朔望來謁，每以文行爲教。臨行時，盛爲錦帳、贈言，余卻不受。念其已費，仍捐（捧）〔俸〕十金送學博，代諸生公分以酬之。

30 岳州司理趙君，德余甚，手繪九嶷圖，併作歌頌德，遣人送至郢中。露揭以投，示非禮儀也。余覽而歸之，曰：「余不德，難當此貺。」

31 余赴黔中，時土酋安（彊）〔疆〕臣方有跋扈之志〔二〕，正睬總憲爲俛仰，密使人伺於境上，將循故事投重餽以先容。余嚴飭員役，連有司差人不許近前投批，其計遂阻。迨到任，本酋率頭目伏謁，開具程儀極侈，余不收一物，益奪其氣。自後奉令惟謹。

32 有揮使陳一啓，善騎射，練兵澧陽，廉而有法，開送於李直指薦之。陳德余甚，以銀幣遠送黔中，余曰：「故人知君，君奈何以此污我！」亟令持歸。

33 黔中直指薛公將回滇，臬司例有烏帕一百方、硃砂十斤、雄黄廿斤爲餽，薛不收。該房循吏收貯，請作公用，余叱之，將前儀盡還各行收去。及回至沅州，正值端午，欲用雄黄，發銀市之。市人大笑曰：「黔豈少此，而反市於楚耶？」

34 余自黔回家，荆南故吏陶郡丞、孔江陵、蘇遠安諸公，各寄白金爲餉，書詞諄懇，若心知余冤而矢天日以白之者。余領其意而還其金。

35 余兩署粤藩，錢糧收放例有羨餘登籍。比交代，主者以餘金送余，余令徑送新官收用。後署東藩，收過錢糧四萬七千有奇，主者禀余合封數次，徑不許，俱待新官自拆。

36 東藩大糧銀，共一百六十萬有奇。萬曆初年，撫公張創議，俱各府委官自行州縣收解，只於府中起文到司，轉文到部，其銀並不進司。司中所收，不過兩院贖銀、營兵餉銀、魯府四個月禄銀，及絶軍地價、太山香税等項銀兩，每年出入不上十萬，與各藩事體全不相同。又地當水陸要衝，往來使客動以禮儀責望，司中紙贖既微，公費又少，勢不得不移公費以充禮儀、積羨餘以補公費。向來天平收放，尚可以支，一經較準，又親自看針，不許重收輕放，即合封積羨，數亦無幾。例用逐季貯庫幾十金，以存舊規，其餘即付管支吏，以補借公費之數用。故使客之禮，力不能徧，亦不能豐，往往取嗔而去。

37 東藩舊用天平，其針匾闊。余初較之，添上幾錢，尚不爲動。當唤銅匠挫尖如針狀，即添幾分，便有低昂。該庫官吏俱禀稱，如此秤兑，恐支放虧折，余不聽。一時解户懽呼，所省秤頭不少。如此三年後，以入覲交與右轄，有奸吏誤之，改作畸頭收放。迨余回任，既不便重較，又不可因仍，因於秤兑時權其輕重，收則從輕，放則從重，出入均平。奸胥有「出大納小，庫銀漸少」之謡，右轄遂生疑貳。

38 余在司道，准詞甚少，及批招詳，所問杖贖又多改無力。更不支用，每有贖鍰贏餘。如荆南將行，夷陵、枝江、巴東、公安等州邑各解鍰金到道，連文不收。黔新鎮司理李君，以鍰金七十餘兩解司，批令貯賑。粤東賫捧，以四百八十二兩留付署道。入覲時，廣州陳司理以郡有鍰金五百兩有奇，累請支發，竟留在郡。山左帶署清軍，亦存有四百八十七兩五錢與孫右伯，渠喜過多。及入覲，以本司六百金助德州城工。陞任，以一千二百兩發縣糴穀備賑，餘尚存一千八百兩零，遺之代者。

39 解户銀兩，多有銀匠攬頭私傾不足者，亦有官自給發不與准足者。向時聽吏胥令其添補多，致生議論。余親驗各銀，除數輕不多者量添准收外，但有銀色太差、銀數太少不便增添者，即行票發回查驗，是否原給銀兩。該縣必以「銀匠改傾，擬徒」招報，仍將准足銀兩上納。如章丘、安丘等縣，擬徒數名，贖鍰多至百金。余一切批免，止行責放。

40 余在任，例不置土物，如楚中荆箋、蕲簟、花蛇，黔中皮貨、砂床，粤東珍珠、玳瑁、犀角、花梨、香料等物，一切並不收買。回家之日，不惟索者一無以應，即自己欲用，亦苦無之。

41 余每至官邸，先將水牌上開寫一應器物，籍其數目收貯。迨啓行之日，命捕官入衙，照籍驗收，取回文報驗。間有自置者，亦續開留邸，並不攜歸。迨撫山東，聞彼中送院鋪設之具俱派鋪行，即全省原有協濟多金，歷城縣官多不支給，先行縣免辦。至到任日，濟南府王同知送鋪陳五副，先堅卻訖，歷城王知縣揭送銀鑲酒器、彩繡褘褥、紗布幔簾，一切卻之。各行聞知，大喜。以後移鎮，經一處衙門，所備器物一體發給，不少一件。

42 粤東、山左，先後請告在家，各屬多有下程相送，數及千金，亦俱不受。且於差役各留一飯，犒以三星發回。

43 粤東賫捧，行次南韶，韶守王少拙、南守柳春沂，皆同年也，合具錦帳、禮幣見遺，余不受。二守固請，余曰：「往年辭過荆州涂年兄，今不敢異同耳。」力辭之。

44 凡屬官陞任、行取，例給夫價、獎銀。各官行後，亦以套禮報謝。同官中亦有全收少答者，有半收不答者，余一切不收。

45 屬官於司道壽日或慶典，亦有以禮幣交者，因余概卻節儀榼禮，俱不敢送。即門生在屬下者，各自止。縱陞任出境，如往年永康周生崇惠，以銀幣送至境外，一併卻之。

46 司道到任、行部，有司例送下馬飯、腥紅紙劄，余俱不受，併揭付還，以防冒破。即在途偶有公文欲用紙張，業已卻去，寧給銀出買，不復取用。故番禺令穆象玄行取入臺班，每對有「供事六年，不取一揭」之語。

47 屬官中有同鄉及年家相厚者，初任後不知余性，差人以禮幣相遺，必婉卻之。或尚未悟，再遺土物食味，仍卻不收。如蓬萊令錢某、萊陽令楊某等，皆以峻辭，致各對人傳語，反疑爲過。

48 凡賫捧入覲，經過地方或同鄉同年送有禮幣，必爲力辭。至如南和令徐某以同鄉送刁酒十大罌，此最可口，與余相宜者，余辭其多，且以擾驛夫役爲解。渠欲自撥長夫送至舟次，亦竟辭之。

49 自庚辰通籍，一典楚闈，一視浙學，歷來同年門生遊宦吴中者頗多，悉謝交往。即或見顧，俱不相接，非獨爲免酬應，且欲以謝干請。

50 余參粤藩，每十日付銀三兩，給役買辦。後轉臬司憲長，各役謂，自今不須給銀矣。到任後，仍給役銀，該吏云：「本司有給假銀，歲可得七八百兩，買辦有餘，不須給發。」余謂，各吏納銀給假，此與驛中之買日者何異？郵吏方當查處，我爲憲司，可自蹈之耶？遂革不用，仍爲給銀。其各役但有婚喪疾病等事，量其道里遠近，爲給假幾日，違限者量責。三年間，却去假銀約二千餘兩。

51 余自癸卯冬入覲賦歸，經年不出，兩院差人守催，署司胡瑞芝以俸銀來送。余念在家無食俸之理，欲盡卻之，而來役固不敢領，因照水程限外，扣還五十餘金付去。後瑞芝書來，云俸出於府，業已申報開銷，府不敢受，仍留在司，欲再送來。余力謝之，留司公用。

52 太醫院吏目陸觀心，感余授官，會入賀，以幣帛來候，泣請曰：「某幾餓死長安矣，幸大人培植，得有今日，此再生恩也。」懇鑒而收之。余堅不收，長跽不已，勉收玉樞丹二方，餘俱返。

53 澧州舊有茶，歲徵税四十餘金，充守道公費。先是，已除之矣。茶賈以茶經仙眠洲納税過，方香而易售，後因免税，不過此洲，茶遂不香，而無售主。該州屢請復之，余不許。

54 粤東多蘭，市之不得。偶入左伯王署中，見有八本甚盛。王聞余署未有，以二本送入舟中。比登陸，仍送還之。

55 東關浮屠未竣，邑搢紳求助於父母聶公，不允。一日，公造余而言曰：「此事當借財鄰封。近有錫山富民唐姓者，被院訪拏，蒙道發問，所犯原不至死，欲議罰贖。倘徼一札於貴同年彭道尊，匪直浮屠竣工，唐必以千金爲壽。」余謝曰：「某自來不敢干父母，況公祖乎？彭公祖即年誼甚厚，前枉顧失迓、惠贶失謝，今爲鄰封事干澤，義不敢出。」再三辭之。公蹙然起曰：「不揣唐突。」動色别去。

56 長洲令江盈科，余所舉士也，性好客，士大夫多從之游。嘗過余家，辭以病未見。即入郡，多不往謁，江聞而出見，間或不報，踪跡甚疎。一日，有郡城姚少府，不悦於江，且致恨於吾邑之居間者，曰：「一郡事盡被此公管領，家累萬金矣。」余笑曰：「此公方憂貧。」少府曰：「得非富而愈貧乎？」余又問少府：「敝邑還有士夫來干謁者否？」少府曰：「無之。」余歸，謂長男曰：「若使我與江來往，今日必與此公並稱矣。」

57 癸丑，移鎮寧陽，門生少宗伯何某以禮幣來候，不收。已而，又寄於其行取門生郭某，余終不受。又有門生户部袁某，因差往邊儲，以二十金爲餉，書詞甚懇，余一體辭之。

58 甲寅，候代濟上。原擬代時不行薦舉，會六省同事者臨行俱有薦疏或薦揭，直指馬公屢託司道，來請照例行之。余不得已，行司道各取册揭。比至，距交代之日不過二旬有餘，又天方暑，力疾註考，大費心神。業有次第，令書吏謄寫，已將完矣，適馬公以福府土田事屬余上疏，余以病辭。渠又代草見示，余終不上。念此疏既輟，若獨於屬吏薦舉具揭到部，在世情言之，不過爲謝薦之禮有五六千金耳。直指設有後言，固爲不便，即不言，寧不愧於心乎？因併寢之。瀕發之日，各屬有以長夫追送者，連批不收。追至家，司道候儀繼至，俱爲謝卻，反有待飯犒金之費。

59 吴中士人初中，多爲人居間，受其餽送。余以人非負曲，必不浼請分上，一有偏護，必致曲直混淆，造孽不小，即户役更换，亦恐遺累於人，一概謝絶。自孝廉以至歷任三十餘年，未曾管人一事，得受分金。

60 邑有夜船幾隻，士大夫一中，即分占日子，月納船錢。又鄉間官漊少出佃糧、歲收魚利，及入官賊船、導河官船，或上價些須，即領回家用。余悉置之不聞。

61 家奴顧真，攜一姪來投余，余問故，曰：「姪曾爲張某家誣執人命，求庇耳。」余曰：「如此惡人，豈可庇之？」奴曰：「姪若見收，張恐事洩，必以百金來餽。」余叱出。

此奴竟將姪投一孝廉家，其怨家果饋數十金於孝廉。奴以爲言，余復叱之。

62 昔人以門生爲莊田，餽輒不報。余所舉楚士，間有來餽者。有司，十收三四，仍行量答。學博，十不收一。有見任本屬者，一概不收。即居家時，有任本府及鄰縣者，以禮節相加，隨亦報禮。

63 余往肇慶，陳守濂以端硯二方來餽。此土産也，適經内使開採，因以相遺，余卻之去。嗣過一神祠，乃宋包孝肅曾守此郡，而尸祝至今者，下輿入謁，見對聯有「一硯不持」之句，竊幸同心。守知余在，亦隨至祠，余謂守曰：「若今辰領惠，何以見包老也。」相與一笑而出。

64 粵東入覲，業已嚴禁有司相見及差役投批，以免餽送。行次清遠之東，有乳源令吴邦俊，小艇隨行，禀有地方緊急事情。屢辭不去，因進與之揖。徑投一揭，開具長夫十四名。蓋爲圖報扶植之意，不知非余之心也，遂不留坐而別。比覲回，又差人送至里中。終不受，反犒之以金。

65 曹守周爔，爲余門生何君所取士。見余南歸，以閩轎一乘，送至舟中。余正乏此，然竟卻之。

66 姻家某某，爲族衆傾陷，託余解於縣公。余素謝居間，勉爲代白，事遂得解。隨以多金及酒器名畫見酬，一時並卻。渠猶懇懇不已，止令留二百金，以遺其子，俟吾女成婚而後給之，餘仍不受。又姻家某某，昆季不睦，啖訟家私，且有顯宦爲之謀主，勢甚可慮。適府縣二公，皆余門生也，並以書致之，力爲主持，竟從議處，所費甚省。因德余甚，數以金帶酒器禮物相遺。余以兒女至親，豈可受謝，俱力卻之。又姻家某某，自拜門後，即以三百金見贈，欲周全科舉。余謂此學使者事，何可任之，堅辭之去。

67 余弔喪，凡有舟輿犒金、下程禮物，一切不受。即在山左諭祭房公，其子送有多儀，一概辭之。

68 余素無恒産，歲積館穀，以六十二金置顧生某田五十二畝，被盜抵勢宦之債，告追無償。迨承恩選，曰：「寧人負我。」竟請縣大夫免之。

校勘記

〔一〕常衣苧袍　「常」，原作「嘗」，係避明光宗朱常洛諱改字，今回改。下同。

〔二〕安疆臣　「疆」，原作「彊」。按，明神宗實録卷三〇〇及諸書皆作「疆」。「彊」係刊刻之誤。據實録及諸書改。下同。

七　守禮

1 南奉常趙公參魯上疏，議將孝陵冬至春秋三祭，比照北京九陵，只令各衙門印官一員前往致祭，至萬壽聖節，以吉服行禮。時大宗伯朱公，與趙同年，許與議覆。余守祠部，謂太祖開基之主、百世不遷之宗，故凡有祭祀，在京各官俱要上陵，歷朝詔令載在會典，至爲嚴重，原與九陵不同。蓋九陵在北，皇上尚有展祭之時，孝陵在南，車駕必無前赴之日。故九陵時祭，官員有定，而孝陵必百官合祭，似未可以議省也。若萬壽上陵，原仰體皇上尊祖之意，以伸報本之誠，入廟思哀，自宜從素。即欲爲萬壽從吉，然近閱壽宮，原係慶典，百官皆賜紅段，乃一到感思，皇上先易青袍，百官俱穿素服矣。豈可獨於孝陵，而以吉服從事乎？力持不可。朱公無以難之，暫寢。會余外轉，代者竟以吉服一款覆疏，奉旨允行。

2 萬曆戊子秋，上欲親閱壽宮，一應事宜詔令，俱照十三年事例行。余查前例，有西山儀注，於壽宮無當也，徑删去之，止以壽宮儀注具疏。越數日不下，太宗伯沈公令余往問政府，申老師迎而問余曰：「貴衙門有何疏抗違？皇上大怒，日命中使來閣中詰問，謂禮部官抗違明旨。」余曰：「無他，只有壽宫儀疏未下耳。」老師曰：「幾時上疏？何不送揭一觀？」余曰：「初以此係舊規，因不具揭。」老師曰：「既照舊，何錯？」余曰：「中少西山儀注。」老師曰：「旨意原照十三年事例，何故遺之？」余曰：「門生第認壽宫二字，與西山道路頗遠，因此不及。」老師曰：「誠如公議，免此一行，可省錢糧五萬。但四月間，已聞皇上欲行，即三宫六院亦收拾久矣。乃欲中止，想干聖怒。」余曰：「若有嚴譴，門生願以一人當之，幸勿他及。」老師曰：「皇上必不以宴遊而加譴責，我當從中調停。」越宿命下，云是「出由舊路，回由阜城門，禮部知道」。時署印者爲少宗伯于公，亟令人促余續上西山儀注，余曰：「不可。此疏若仍云壽宫儀注，已奉俞旨。如云西山儀注，似請宴遊。疏不必上，第於兩長安門告示及各衙門手本内，增出『奉旨云云欽此』，令該百官於某處送駕、某處接駕，事體便完矣。」迨扈從至西山，中使争問：「誰爲祠祭李先生？萬歲爺欲一遊樂，敢禁止之乎？今日何爲亦在於此？」余不之應。是役也，本欲止宴遊，幾激聖怒，幸卒寬之，聖度真如天矣。

3 先，儀注稿完，少宗伯于、徐二公，以工部石、曾二公之言，欲增稱賀一節，謂十一年曾賀，今難異同。余曰：「彼時吉壤未定，廷議紛紜，皇上親定大峪山，於時百官稱賀，一爲慶得吉壤，一以堅決聖意。今日不同，況壽宮例不報完，何賀之有？」二公固欲增入，見余不允，乃令轉問大宗伯沈公。余過沈第，傳入，沈公報曰：「只依司議。」以故未增。迨至壽宮，相公及吏部等衙門俱備賀表，少宗伯復來催取表文，余曰：「前已講過，未備。」相公與各衙門俱止。

4 壽宮閱過後，工部移咨，欲於前面建大橋一座，約用二萬餘金。余喚博士楊汝常問之云：「橋既當建，十一、十三等年總擬規制時，汝俱在彼，何不一言？今忽有此議，汝可畫圖貼說送閱。果係有理，方爲具疏。」楊愕不敢對，密云：「内監張公見有錢糧餘剩，欲藉手開銷，來懇石、曾二爺，遂爾許之。某原無此議也。」余隨上疏，備言：「先後會議，不及建橋。一旦添設，或堪輿家譆之，臣等不習其言，未敢輕議。」隨奉旨報罷。

5 戚畹李文貴故，疏請邺典。余查，近來戚畹徼恩多濫，檢查世廟初年，蔣皇親爲慈寧皇太后親弟，爵已封伯，賜祭一壇，今文貴係慈聖皇太后弟，秩止都督，故比例以請。及奉旨云：「朕孝養慈幃，遵奉聖母懿旨，特加祭三壇，後不爲例。」余尚欲執奏，大宗伯沈公止之，遂已。

6 仁聖皇太后内姪陳承恩妻故，請卹，禮科參之。余謂，聖母無弟而有姪，例當給祭，何故獨遺？因以祭一壇爲請。申相公曰：「仁聖賢德，每戢外家不敢生事。今照例與之，乃見公平。」尋奉旨准給。

7 皇貴妃父鄭承恩故，疏請葬價。大宗伯朱公問余，余曰：「前鄭福請葬，已給銀四千兩。沈老先生執奏，奉旨云：『這墳價，連鄭承恩身後都在内了。』今據以執奏，自不准給。」隨具稿上，公以詞氣激切，欲從委宛，余曰：「疏不激切，恐旨下不便再奏。」公又遲回，余請公裁定，公曰：「貴司事，何敢專之。」疏遂上，留中三日。公令余往問政府，申老師曰：「貴妃面奏，皇上已親許之矣。」余曰：「例不當給，即奉旨，仍當力争！」老師曰：「此自公職掌。」越二日，奉旨：「這墳價罷了。」

8 己丑元旦，日食。先是，蜡月廿四日，請大宗伯朱公疏免朝賀，公以朝賀先奉明旨，不便請免。余曰：「日食不受朝賀，禮也。我朝宣廟以此稱爲聖德，且富鄭公往使契丹，見契丹不受賀，竊恐南朝受賀爲契丹所笑。今豈可廢典禮，虧聖德，以遺笑外夷乎！」公猶豫未決，令問之政府。政府三公議亦不一，余堅持前議，上疏。旨至除夕未下，尚候司中。儀司呂公亦以朝賀手本未散各衙門，差人伺候者甚多，因過余言曰：「兄多此一疏。」余曰：「此疏決不可少。」日暮，奉旨准免。乃知皇上之謹天戒，與宣廟同也。

9 光禄卿路公王道，爲母請卹，介少司徒楊公懇之政府、宗伯，宗伯沈公業許一祭矣。疏下部，余查路公調外，請立案。公謂路雖調而未任，正爲今日，且疏以請。余曰：「旨一下，内外分矣。例未便。」公令徐徐商之。一日，命都吏來取疏稿去，詰朝，延余入火房付觀，内稍易幾語，問可上否。余應之曰：「老先生要上則上。」公蹴然曰：「事在貴司，我何敢僭？只爲平日曾不失口於人，先是業以一祭許之，姑爲議處。且會典内開載未明，致路猶以未任爲辭。若疏中明爲指破，使後人不得藉口，更便。」余謂會典昨歲頒行，中間未明且悉者尚有，今爲一人而增修此條，或亦有跡。公送余出，將稿火之。次日，同年蔡丈看印畢，延入與言，謂余所執者正，前稿已焚，指地上紙灰爲驗，令致意於余。蔡勸余入謝，余以公事，原無成心，不必謝。又次日，公復延同年汪丈，與言如前，仍指地灰，且問余芥蒂否。汪云：「只有感服，但不敢入謝耳。」公笑而止。余後轉浙中學憲，楊公見召，躬囑門者云：「不請别客，第有話講，切勿例辭。」余赴其席，公曰：「近見榮轉，人皆爲公難之，我獨以爲易。即處舍親路坦齋一事，便饒爲之矣。生在祠部，豈不知外轉者例無卹典？祇以先公門下士，不得不爲緩頰，政府、宗伯皆允，惟老先生不從。如此執持，何有於督學，又何有於浙江！故相延爲賀。」嗣又約舊寮居九列者六人，共餞於郊。

10 泰寧侯陳公良弼，余同鄉也，以管南京中府，疏請主孝陵祀事，來謁余。余謂公是皇親否，公曰：「非也。」余以孝陵之祀，例用皇親如中山、臨淮諸家主之，既非皇親，不便具覆。公云：「主祭孝陵，於鄉邦不辱。何苦拒之？」余謂職掌不敢違耳，卒辭去。迨余外轉，代者覆題得旨，典制一變。

11 薊遼督府張公，余年伯也，其夫人先以軍功加贈，後又疏請卹典。余查例不合，未題。公再上疏，内稱宗伯沈公妻已沾特恩，軍功應與侍從一體，語頗侵沈。余覆疏謂，贈夫人與封夫人不同，既以功贈，又欲請卹，是恩上加恩，非例也。即比例沈公之妻，雖云特恩一體，但沈效勞在前、妻故在後，張效勞在後、妻故在前，亦似有間，未敢擅議。送揭政府，兩公皆公同年，笑曰：「張公在部，即欲乞恩，今又有軍功，能無厚望乎？」余謂例本如斯，難以遷就。已，奉旨，祭葬俱給。

12 遼府既廢，兩院備查宗支，其府事該廣元王管理，具題到部。隨有湘陰等六王訐爭，八年不結。余署儀曹，大宗伯沈公見有兩院催疏，令余覆請，力辭數四。公以余正直無私，端可結此大事，堅意屬余。因披積案盈四五尺許，徧閲細詳，宜如兩院所請，議將廣元管理府事。疏上，得旨，公論大定，竟無異言。

13 秦府有庶宗叔姪，以争家訐奏。姪訐叔爲濫妾所生，叔訐姪亦係濫妾。據例，庶人正妻不必奏選，如娶妾必由奏選，其生子方准名糧。今叔姪俱爲濫妾之子，本部已題名糧，業先違例，不便題覆，以故沉閣五年。乃二宗之訐未已，大宗伯沈公見廣元事定，亦以見屬。余累辭不獲，又念事處兩難，必須開例則可。蓋庶人奏選不於妻而於妾，正恐濫收多妾，子姓日蕃，錢糧不敷，故限定一妾必須奏選，誠防其流也。但正妻既不奏選，一妾似亦可寬，第於二妾務從奏選，庶例雖稍寬，防亦惟謹。況王府庶人生於濫妾者，秦府已有一百餘名，其餘各府不可勝數，若二宗以犯例革除，將訐奏成風，人人難自保。本部且有違例之議。不如開此一例，一妾不必奏選，然後可定二宗曲直。公大然之，遂據以題覆，隨奉聖旨：「今後庶人選妾，俱照此例行。」是疏，既全本部之體，又完累年之案，且息各府庶人告訐之風，政府深以爲然。

14 前庶宗事，部議，叔止革糧，姪革糧外戒飭墩鎖，以正名分。疏已上矣，適儀郎丁公到任，余解印還司。後閱邸報，見聖旨處分二宗與部議不同，恐各王府見之俱不心服，先止膳司不發勘合，因與丁公言之。丁不肯任，余請於大宗伯沈公，令上疏檢舉改票。公取報查明，令余請於政府。申老師曰：「此必文書房之故。宜具疏來。」余復公，囑丁檢舉，疏入，奉旨改正。

15 南京太醫院判橘洲張君，同年吴給諫之内兄也，來請題補。余查祖制，御醫九年方陞院判，至萬曆十三年新奉明旨，凡内殿御醫實歷俸六年以上者，亦准遇缺陞補。而張俸僅一年二個月，與例不合，遂辭之。後求申老師爲言，余以例對，老師云：「此官與吾輩不同。」余謂，祖制一也，不合祖制，亦當近遵明旨，二者俱違，亡論被人參駁，使後來謂此例變自門生，罪何可逭？卒不准補。

16 太醫院使朱東山，以御用竹瀝甚多，市無真者，屢次懇余，欲差官往河南清華鎮煎來進用。余問：「有内傳揭帖否？」曰：「無之。」余曰：「竹瀝非保護上藥，即偶一傳奉，不便差官，況未傳乎？」朱又欲行該縣，將例解藥味除去幾味，代以竹瀝，余不允。又欲遣人至西山一帶寺院中取竹來煎，余仍拒之。蓋朱恃其子爲殿元，每每越例請求，不知余之難動也。

17 侍御楊公四知，氣高性傲。時督學北畿，一旦來謁余，欲爲故祖固安縣訓導上疏，請入名宦，浼余覆疏。余曰：「不如地方同差者便。」楊疑之，謂表揚先德，此孝子順孫事，何籍他人？色遂變。余曰：「有職掌在，可查也。」楊請其故，余云：「祖制，不許子孫自行陳乞。似不便耳。」楊默然，疏亦未上。迨余出部後，陳乞紛紛，俱准題覆矣。

18 南科朱公維藩，以年荒上疏，欲將報恩寺修理，以活貧民，及廣度僧尼道士，收取度牒銀兩，以充賑濟。疏下部，大宗伯朱公欲覆之，余謂疏中二事俱不便行，請立案。

未幾，南科同年杜公糜，又上毁淫祠禁僧道一疏，並與朱反。余説堂云：「若覆前疏，今將奈何？」朱公笑曰：「亦立案可矣。」

19 光禄厨役食糧三十年，除授王府典膳，向係衙役頂名支糧，挨次選授。余在膳司，有一人籍係崑山，食糧年滿，按年當近七十，而以三十餘歲之人來頂。余詰之，不能置對。此雖積弊，大於事體有妨。同年董丈勸余姑准，以厚同鄉，余曰：「以公家事爲鄉里事，心終不安。」竟不准。

20 大明會典成，適朝鮮遣人疏請頒給，余官祠曹，因言於大宗伯沈公曰：「朝鮮雖係屬國，不可令知中國事體及虚實情形。據其所請，不過要知伊祖篡國暴白之故。只宜以此一册給之，不必全部。」公然之，請旨允行。時朝鮮人在京，欲以三百金私買一部，余嚴禁刷印各役，并懸賞出首，遂不敢鬻。

21 禮部劄付，儀司有鑄印局儒士，祠司有太醫院冠帶醫士，客司有譯字生，各以名色用本司印鈐，送與親友。余歷三司，以爲非禮，即至親討取，曾不一給，恐一開端，濫觴不止也。

22 在京各廟道士住持，例由掌書挨補。有孔姓者，名在掌書十二，浼内閣申老師討取住持。余曰：「住持無缺。即缺出，未及此人，何以説堂給劄？」老師曰：「一羽流耳！胡執之過也。」余謂：「若輩易動，典制難違。」卒辭之。

23 僧人度牒，例由户部納銀六兩，移咨本部印發。有内閣王老師，以故舊二僧討取二張給之，余以例辭。公曰：「向見本府有以此送人者。」余謂，一發各府，多不繳報，故可送人，如順天即有之矣，本部未有户咨，安所印給？公顧從者，令爲代納。同鄉張給諫聞而笑曰：「好門生！一二紙張，亦不相假。無爲貴師弟矣。」

24 北京有帝王廟，先因回禄，權請於諸陵遣祭，後遂相沿。每五年屆期，各廟道士争乞差遣。遣之日，上御殿傳制，文武百官朝服侍班，道士承旨。余以傳制大典，承旨宜在奉常，徑以屬之道士，既爲輕褻，且帝王之廟久完，禮當仍行廟祭，陵祭可以罷遣。具疏改正，請於相國。相國以議定於聖祖，力阻不行。

25 禮部左右二堂有轉吏部者，辭部日，正堂送至三門外，上轎揖別，一出儀門，又下轎與四司揖別。自王公家屏轉官辭部，徑於轎上舉手，後遂相仍。人皆明知其非禮，未能改正。迨徐公顯卿辭部，儀司適無正郎，余在祠司約同官，於徐公出儀門外，一齊向轎站立，公只得下轎揖別。始正舊體焉。

26 按院接三司於後堂，揖畢，例先看三司坐次。余入楚省，同年李公大麟，時爲按院，見三司先看其坐。余心竊疑之，出問二方伯，云：「初時相見，彼佇立久不看，三司只得先看。俟出巡到貴屬，仗門下改之。」余曰：「諾。」後按荆州，公仍不先看，余約同年沈丈一中，佇立不移，公勉强先看三司。每次如之，因報方伯云：「禮改正矣。」

27 萬曆乙酉，上允部議，分遣京朝官出典各省鄉試。時已五月，各該按院自任主司，業具序文程式，見此新例，大不快心。且議由禮部，尤其所忌，四司諸公已乞宗伯沈公辭於政府，許以免差矣。不意臨期忽差余往湖廣，又值劉夫人卧病，力懇於宗伯、政府，終不能辭，踉蹌前往。按院任公養心，委副憲駱公迎於境上，必欲偕行，一爲謝却，業已不悦。迨入鎖闈，凡出試題及填草榜，任公初欲請余二人往外，既欲自己入内，見皆不許，心益啣之。及赴公宴，部疏原開主司坐監臨之上，奉有欽依，藩司承望風旨，徑列主司二桌於左，按院一桌於右，若以一配二者然。余與翰檢張公相顧，不肯即席，任公乃命捕官改設坐次，一如部議，始各就坐。一時見亦嘻笑，而含怒甚於裂眥矣。越宿，即掣去中式卷，使不得潤墨爲程，又分投查勘中者有無别弊，直至查回無可指摘，方將朱筆添改一卷疏參，以洩私憤。余欲疏辨，而張爲許相國姻親，力止余疏，遂各奪俸六月。

28 王府墻垣，自封國五十年外壞，即自修。余在東藩，德府墻壞，移文撫院，批查。余引會典申復，不准有司代修。後復移文，以祖制爲辭。余謂會典即祖制也，竟寢不行。

29 親王禮待院司，自朝見宴於正殿外，凡有私宴，設於園亭，親王自行陪坐。獨德府私宴，止令承奉代陪。向來兩院俱赴，余在藩司，二次俱以疾辭。後撫院黄公問：「昨日赴宴否？」余曰：「向不曾赴。」公覺之，後與按院俱不赴席。德府甚悵，竟不能强。

院司之行，自余始也。

30 朝見親王，禮止四拜，拜畢，有留左閤待茶者，有不待茶作揖送出者。獨德府於賓興一宴，欲京考院司俱行五拜禮，又不下揖。余與按院蕭公言之，因分付長史先啓王知，王令承奉報院，許過四拜下揖，按院始約同赴。及至府中，禮生亟請上殿。良久，王尚未出。余勸按院且暫回原所，王始出。受拜訖，尚少一拜爲争，按院云：「多此一拜，則僭擬上禮，故不敢行。」王争不已，且不肯下揖。院司站立不動，不得已，下作一揖，怒氣勃勃。時有承奉李君，謂余曰：「俱是李爺欲改舊規，以致如此。」余曰：「此會典之禮，殿下自不能守，何以責人？」遂出。自後朝見多免，即見亦不復行五拜矣。

31 德王遣承奉到藩司，云王欲赴北極廟進香，隨到教場一看。余謂廟在城内，猶可往赴，教場在城外，豈可出城？且無故而欲觀教場，非禮非法，宜啓止之。王不聽，仍令承奉來言，余曰：「若欲出城，必當具奏，難以擅許。」因入謁撫院黄公，具道其事，且謂出而後禁，不如禁於未發之前，請令行濟南衛，每門守以二官、軍人百名，以示不容出意。公如議行之，王遂不出。

32 五臺山住持僧官襲替，向從北京僧録司行查，必由内監作主，所費不貲。查明到部，部中具疏請敕，印綬内監更留難之。余在祠司，與大宗伯沈公言，行查例須原籍，僧録司相距五臺甚遠，真僞易淆，不如行彼中爲便，且文官衙門以傳敕行事者多，僧官何必傳〔一〕敕？公大然之，余遂疏正前規，於原籍行查，以傳敕行事。奉旨允行，遂著爲令。

33 山西有一道者上疏，請賜「壽亭侯」扁額。疏下部，余崇奉明神，敢靳題請？但念廟在解州，向必有扁，今以一道者言題請再賜，必假借名色，生出事端。且明神所重，不在一扁，皇上敬恭，亦不以賜扁爲重。先將此意祝告神前，事遂寢。

校勘記

〔一〕傳敕　按，文意乃由「請敕」改爲「傳敕」。「傳」，疑當作「請」。

八 執法

1 太醫院醫士陸觀心，先於嘉靖間納銀二百七十兩，候吏目缺。同事者皆已授官。會禮部題准，考取一等方授，而觀心試輒在後，不得補。家業蕩盡，至不能具衣履。余在祠部，適考一等例當送聖濟殿供事，第恐再試不前，例又發出，觀心老矣，何日補官？因請於大宗伯沈公題補，公難之，余曰：「觀心，寠人也，況與例合，不宜錮於聖世。」公意猶未決，余請以朔日徧問該院各官，皆無間言，遂具題，獲奉俞旨。蓋遲之三十七年，而後得授吏目云。

2 浙撫常公居敬，以學道不送比較，行道補送。余面公時謂，本道職行，惟是節孝等項，例須年久論定，非可一時完結者，以故從來不置比簿，本道未敢開端。公爲色動，遂繳原行。

3 同年韓公介，爲兩浙巡鹽，有一教官揭害同寮，欲行究處。余曰：「此爲同官所揭，本道已行體訪。訪之得實，自當處分，不敢煩院也。」又云，某教官乘天旱而賣井水，不職尤甚。余曰：「此是鄉科，必不狼狽至此。」公曰：「鄉科，何不赴考應聘？」余謂上科先已應聘，此科例不赴考。公默然，徑將被揭一官驅逐，余亦將送揭者逐之，而鄉科卒保全無恙。

4 韓公又一日遺書，以觀風案首陳某不取科舉，准其呈詞送道，屬余優取遺才。余曰：「試規，原無識別。此生卷佳，自然收録。今欲先許，必改試規，似爲未便。」竟不許之。公深不悦，後不見薦。撫院常公謂余曰：「此貴同年也，何不入刻？」蔡方伯代對曰：「江陵在位時，有旨不許鹽院薦提學官。」公曰：「此例不行久矣，即入刻何妨？」而不知韓之不薦，以余前事忤之也。

5 歲考杭州，有錢塘縣童生吴濤，係縣案首，不取。胡守率各縣力稟七次，終不添名。守怒甚，徧告二司，謂牛馬走供事月餘，首名見黜，有何顔面！遂二旬不來入謁，余若弗聞也者。嗣考三衢，西安童生徐某，亦是府縣首名，不取。易守及王令力稟五次，仍不爲增。比還省，胡守入謁，行禮訖，復行禮請罪。余問爲何，守曰：「前日力稟吴濤，只爲一生二首，恐全省未必有之。即使續增，人難比例。不意三衢即有，亦不見收。乃知執法，爲是悔前失言也。」余曰：「案首只論府，不兼及縣。先因寧波案首不取，故不增杭州，杭州不取，故不增三衢，示畫一耳。」守懽然如初。

6 太宰陸公光祖，有嫡庶二外母守節，其子鴻臚君疏請表揚。下部，行咨藩司，轉行學道。陸又寓書守道王介石轉致余，王難直致，先託藩司長蔡見麓爲言。余笑應之曰：「老丈曾爲此官，有此例否？五十非可旌之年，陳乞非子孫之事，學道無下行之體。」蔡公笑曰：「固知丈之不允也。」

7 同年蔡公思川按浙畢，將復命，遺余書曰：「僉院邵梅老，有嫂張氏，守節應旌，乞丈具結。」余以結從府縣申來，例用駁查，況府縣未申，本道豈可先具？蔡又遺書謂：「止須丈教府縣徑檄取之矣。」余乃實告之曰：「張氏年未及例，查未及再。於例有妨，不如已之。」蔡遂止。

8 廣東鹽課提舉胡某貪婪，計誘商人，斂銀三千送税監李鳳疏留，當惟所欲。商人信之，果得留任，具文請詳，余不批發。後因所親陳方伯轉詳兩院，幸准復任前官。竟悖前約，與商人搆怨，控告到司。余初未准，後復泣告，遂批行廣州府。某懼而具呈送母還鄉，批無此例。不得已，告病聊以嘗試，余批候通詳。方謁辭，方伯蔡公問：「何不再留？」對曰：「只爲憲司見督耳。」遂去任。

9 原任烏程令張應望，假借按院彭應參搏擊豪强之威，脅詐苕中巨室。嗔司成范公不肯納賂，鼓衆誣訐以挫辱之，又逼死其子，破壞其家，公含憤自盡。後夫人奏聞，敕法司究問，應望乃謫戍粤東。及到戍所，制府留爲塾賓，會有恩赦，將欲宥之，批詞臬司。余謂應望犯貪贓人命，並赦所不原，且係欽遣，例應請旨定奪，具由申報，詞甚嚴切，制府遂止。

10 金華府學缺少學田。先是，本道劉公東星曾有没入寺田變價貯庫，計二百兩有奇，嗣爲該府用去，竟未置田。會府吏比較，嚴限完銀，猶不見報，乃將該吏薄責。郡守張公朝瑞意不能平，先處廿金以報，已復嚴催盡完。余恐後復別用，亟令置學田。而張守復另處羨金，建立崇正書院，令諸生肄業其中。按院李公行部，亟稱，隨舉卓異，召入内臺。當時張以余爲過執，而不知余之督促，實有以成之也。

九　矢公

1 余以仲秋入浙，時前任蘇公去久，文書雖投於署道，一切不拆，積至十餘箱。內有幫補一事，同寮相問，或准舊案，或留缺以待新案。余曰：「總是門生，何分新舊？若必舍舊待新，使恩自己出，即私矣。」遂將舊案詳過，應補者一切補完，直以出巡牌到，始行停止。於是舊案諸生，皆得沾惠。

2 浙江督學，自昔難之。以文卷、士夫俱多，且號稱弊藪，議論易生。況余邑距治所不遠，流棍紛紜，往往造爲關節，競相誑騙。叨轉之後，人皆爲余危疑，余笑曰：「是在人耳。若矢公竭明，不忽一字，不假一人，浮言何至？有亦何恤？」於是頒布條約，盡變前規。將格眼册、號簿、號籤，俱不呈送；生儒試卷，廪增附青、年貌俱不開填；其卷，亦不先日送印。只於試日開門後，印官以坐號紙簽封送，命捕官拆開打和，皆貯於印池東西。俟生儒進到，案前二人排立，信手各發號簽一紙付東西二吏，粘於卷面中圈之上。生儒取印自鈐，執卷對號入席，不許報稱某號。直至交卷，一同姓名浮帖揭去，留者黜革。進畢封門，用教官四員、捕官一員、吏四名，於堂之左右障以圍屏。移皂隸於堂之耳房，毋容外出；移庖厨於後堂之廡下，以便傳飡；備浄器於二門左右，以當便所。凡有出恭，掣籤照往，不許雙出，先如往東，次即往西，不許同處。堂上不用紗幗，照見明遠；甬路不時上下，掣驗坐號。間有犯規者，留俟通場出盡，總行責戒，諸生懇禀即免，其實不責一人，且多有考居優等者。至於試題，二書、一經、一論或表或策，出性理、綱目。務完四篇，有不完者，即列首名，不許補廪。待三月内有司試過後場數首，解道驗閲，方准挨幫。

每日閲卷，日短八十，日長一百二十。每閲一卷，即有批評，擬分等第，每等又分前後及中。閲完細校，或前移中後，或中後移前。案前五名覆校二次，案首或四五次，方註定幾等幾名。至於劣等，恐多老廪，覆校加詳，稍有可全，即爲改註。次第一定，令書手開列某等幾名、計幾名，止鈐印一顆，併卷箱發出。其儒童文卷，亦細加校閲，卷面有圈者爲正，三點者爲陪，二點、一點者爲再陪，如不及數，更於廢卷内揀取湊之。亦開列某學幾名，計數鈐印，併取卷、落卷各箱發出，待府官塡榜出示繳進，面與發落。各該試卷，聽生儒領出，觀看三日，總遞府學官轉繳。先期出示，諸生但有前後去取未當，及字屬關節者，許執卷進禀，以憑改正查究。通省試完，竟無一人。蓋緣試規一無識別，校閲並不稽查，始則鬼神莫知，終則衆目共見。故自初巡以至遷秩，不惟全省仕紳書問不及，即兩院、同寮亦不以隻字相遺。然每完一府，凡負時名者十取七八，獨通顯子弟見遺頗多，非余故爲摧抑以賈罪怨，實亦逢世無緣故耳。

如此三年，陞轉既遲，又不得一善缺。左右見余苦心，莫不流涕，余獨安之。至臨行，而省會三學列名送軸者千人，又與嘉湖各學送至余家者幾百人。此海內所罕有者，始信人心之可感、公論之猶存，而得士若此，尤勝於超遷十倍也。

3 督學賞罰行檢，多據册報，於發落後施行。余以教士當先德行，行檢當付公評，每巡歷到日，當夜取各官報册檢查。以府册爲主，府册遺者附入，但有一處未報，星夜取完。俟明晨下學行香講書畢後，各學師生暫出外候，照序出牌，逐學唤入，教官率領諸生站明倫堂下。余先問該學德行，公論屬誰，或孝或友或節義等項，憑衆信口推舉，各徵以事實，看與册内是否相同。如衆論僉同，以稱舉最多者爲上，稍多者爲次，酌量行賞。賞畢先出，隨問不肖爲誰，諸生不言，余口舉册内所開事實，試問有否。諸生或直言其有，是衆所棄者，即去衣巾責革；或言其事雖有、情可原者，去衣巾責發五等；或言其傳聞太過，救援衆多者，量責示儆。一時公論，皆取衷學校，不着成心、不狥偏聽。

橋門之外，環聽者莫不稱歎，謂前此未有云。

4 督學出案後，多以一二名卷發本生删潤，改易批評發刻，又另謄新卷解部，及類鐫善板，廣送搢紳。余謂校士當先勿欺，士風方知務實，凡刻文解卷，俱用場中真稿、真批，一不更改，亦不另行刊送。故雖殫竭心力，鮮有聲譽。

5 浙江大收遺才，每科人至二萬以上，例於八月朔日考試，初五日發案。計校閲，特三晝夜耳，向付司理分閲。余欲獨任，因預示諸生，命題有五，若少半篇者决不收看。試畢，將不完者盡行束起，其完者尚有九千七百卷有奇。窮晝夜之力校閲一周，收取必盡，不敢少有忽略，以致遺珠。日食粥糜，夜不交睫，精神爲之大耗，余心亦無餘憾矣。

6 場前大收案出，各省諸生定行喧嚷，而浙尤甚。戊子秋，至擊碎司道大門，圍擾蘇公轎從，擁不得行。辛卯大收，有二萬餘人，試之教場。先出示，於本日行杭州胡守，查點各學入場諸生，不到者即行除名，一時代考弊息。迨案出之晨，將謁兩院，吏書勸余從間道出，余叱之，仍由大路赴院，並無一生告擾。郭大參子章異而問之，且云同過貢院，必有纏者。往返寂然，益詫爲異，令余試問諸生。後於發卷日詢之，諸生對曰：「往時正收、遺才，俱用推官分閲，未免有私，以故不服。今宗師當家難身病，猶親自閲卷，一如科試公明。諸生各有良心，寧不悦服，敢復告擾？」又有出而言者曰：「往時宗師縱是公明，不無偶遺名士。名士倡首，衆皆和之，遂爾大噪。今宗師收拔無遺，誰有倡者？」余笑曰：「前説近似，後説恐未必然耳。」

7 馮侍御應鳳，同年之相厚者。時按滇南，有子可學，以童生正試不録、大收不取，託山陰毛令來請，欲以附學名目納監。余心甚念之，但條約内已革此款，通省不行，而獨於一人假借，似爲不便，亦竟辭去。

8 相國許公國，以太醫院冠帶醫士朱世安，託同年宗伯沈公鯉，欲於部試優取在前。宗伯見余秉公，竟不相聞。已而世安試居五等，例該革去冠帶，并革原差。許公使人請余於朝房一會。坐次，首及前事，謂宗伯曾語公否？余應以試規不似往昔，無可識認，因未見教。公曰：「世安方將徼恩進秩，今革差，奈何？」余曰：「例如是，不可違也。」又固請余策之，余曰：「本司撥差，必由工部來取。若不取，本司可不撥矣。」公遂令長班往囑繕司郎中葛昕，免取差官。未幾，有醫官二十餘員伺公朝房，環向相嚷曰：「相公當平章天下大事，乃管醫官撥差，使有缺不補，奪人咽下食乎！」各役麾之不去，大窘。因致怨於宗伯沈公，而余實遺之，宜相國之含怒也。

9 武林冢宰張公瀚，有一幼孫，甚鍾愛之，專待進學成婚，竟不見取，託臬長蔡公來討落卷。因爲檢出，上批「不通」二字。余欲不發，蔡云且袖去，以觀公之俯仰。公固請見之，歎曰：「李公祖真恩師也！昨閲小兒卷，比諸姪、姪孫似勝而獨遺，故欲得試卷一看。乃今知，前作是先生贋本，而小孫委實未通，又何望焉！爲謝李公祖，今日得發吾之覆矣！」詰旦，果差人叩謝，遂緩婚期。次年科考，又竟不録，因入南監。

10 余奉上命，偕翰檢張公應元，典試楚中乙酉鄉試。聞場中取士，止照經房，不照文卷，故有以本房佳卷多而枉抑、或佳卷少而濫收者，士論往往不平。余與張公先與各房矢天相約，惟文是視，多寡不必相同，人情已先觖望。又將各房廢卷，令互相覆閲，雖並有收録，而同年李推官槃所收獨多，更加誇詡，人益忌之。後監臨任公以中式墨卷發未入場之有司磨勘，見舉人張大孝表内，有朱筆添改數字，指爲違制，具疏摘參。余二人各奪俸半年，李竟降爲縣尉。未幾，大孝登第，官至大參。

十　舉賢

1 浙江撫院傅公孟春，時將復命，適余自紹興回，同王都閫入謁。公問地方人才，余曰：「此藩臬長事，不敢與知。」公曰：「二司開報，俱是眼前人，並無有發潛德之幽光者。浙直接壤，必有所聞，可即見教。都閫是貴鄉，當不洩也。」余固辭，不允，乃報嘉興丁公賓、湖州沈公桐。公喜，令註事蹟評語，余又辭之，公申囑再三，乃具稿以進。公仍以二司所報二十四員，令各註評，入疏後。二司見公揭帖，咸驚詫丁沈二公何處得來。自後並起，丁任南京尚書，沈任至福建巡撫。

2 滕縣令彭宗孟，清直公明，雅有令望。獨路當孔道，加意裁節，致於恤部馬牌未應，貢茶員役見稽。鹽院葉公、撫院黃公皆有督過，一一調解訖，尋轉南銓。來辭，色沮。余曰：「此未足以盡公也。容俟部院覆訪，當力諍之。」後與黃公品騭吏治，歷數彭令之賢，公許轉報，遂改授御史。

3 鄆城縣令王遠宜，悃愊無華，院司鮮有知者。偶聞之巡道來公，謂督夫濬河，抱疾僵卧，公往視榻前，曰令不憂身病，反叩首祈寬夫役，心已重之。及陞工部主事，問各解户，云百姓追送甚多，且有送至其家者。因備言於撫院黄公，以部院覆訪轉報，改授南臺御史。

4 萊陽令楊州鶴，初任吾崑，尋調兹邑，聲望未起。適余轄東省，見二司長商榷應薦有司，獨不及楊，因問其故。左伯沈公大不然之，余曰：「弟爲舊治，又係年家，今幸與聞吏議，而此令不薦，心何以安？」公猶不允。再三懇之，勉厠薦數之末。迨余轉左，力爲游揚，每薦俱列在前。後以行取選授御史。

5 同年錢士完，爲南兵部主事，雅有才望。一日，同年余從城以選郎徐公之託，密訪浙中一人調入北銓，余以錢應。余曰：「此兄原未相習，能必不負所舉乎？」余力贊之。越五日，徐又見過，謂南銓。尋以管察陞光禄丞，歷陞以至開府。錢實不知也。

十一　憐才

1 仁和曹仕傑以童生送道，三義甚佳，一論亦稱。余取置首名應試，仍附一等末，候補發落。後縣令徐君稱其家貧未娶，與父棲於城上鋪中。余令遷之社學，擇一良家女配之，贈以四金。又薦於北關同年徐丈，教其二子，歲得束脩四十金。

2 嘉興生員范應賓，余初入浙，見其起復解卷，心已器之。後該府録考見遺，欲求納監，余曰：「此生員今科定中，何必又費例銀？」不准。本生遂欲添名，余謂此時不便，只須遺才送來。生又以不取爲慮，余曰：「有大收在，我即按名收取，亦不爲私。」本生終欲援納，浼嘉湖道方公萬策，來言至再，謂該府王守移怒毀卷，必不録遺，不如早准起送。因不得已，批行。是秋北闈中魁，南宮連捷。後同年鍾丈化民回杭，余問三年罪過，長安口語如何，鍾曰：「無論優取者見頌，即未取者見稱。」詢之，知是范生。

3 楚闈事竣，藩司來取廢卷。余謂同事張公曰：「監臨方耽耽相視，倘廢卷中檢出佳卷，彼即有詞。似宜乘暇一檢。」公不然之，余遂自行檢閱。閲至七百多卷，見春秋房有一卷，實可中元，爲李推官所廢。嗟歎良久，重加批評，以關防印記，云留作來解。迨開送備卷，首列在前，令監臨任公養心照例給賞，强而後從。及拆號，乃黄安廩生吴化也。化因託業師蕭年丈良有，偕廼父來謝，併求題目。請之數四，始以四十題付去。嗣作文寄覽，復以高捷期之。比至戊子，上遣翰林馮公琦、給事白公希繡往典楚試，二公顧余言曰：「楚士一經品題，定無留良矣。」余曰：「楚實有材，即解元尚有遺者。」二公訝而問姓問經，余皆不應。二公乃相約曰：「是行也，必要得之。」後還京復命，馮令人約余面會，一見請拜。余問何爲，馮曰：「今年解元，即上科所留吴化。」因欲謝余，余曰：「不佞失之，而公得之，余當拜謝。」相顧稱奇，亦復相樂。一時楚中僉謂余爲知人。

十二　釐弊

1 余初授刑部山東司主事，尋督部獄，重囚數至四百。時近朝審，近例處決者多，人人自危，外議傳欲越獄。余每日躬至各監，一次放飯，一次放野，逐名問其飯食有無扣減，獄卒有無凌虐。但有病者，即便開報撥醫，嚴囑醫官用心調治，如方報病而即報故者，獄官、吏卒、醫官各加查究。且日諭各囚，以聖上今年停刑，令其毋恐。又將重囚分散輕監，以孤其黨。併禁内侍家屬不許傳送飲食，以防下毒。每夜一更後，躬督外役巡邏，令在内各役及隔河巡軍呼聲相應，四更方寢。一月事竣，内外寂然，且無一人病故。大司寇異而問之曰：「何以能爾？」余應以偶然，不敢悉也。

2 太醫院考試，往年，該院先將考卷編號彌封，送祠司，司考論一篇、藥性四味。考畢，本司擬定等第名次，送堂批註，發案到院。以故請託盛行，其有力者多倩能文之人，代作佳論，倖列一等，而脉理實有未通。一旦送入内殿供事，何以調護聖躬？且次者亦早得美差，人情不協。余在祠曹，請於大宗伯沈公，除藥（姓）〔性〕照舊外，不用考論，但出一病原，令其製方。先開脉理，次開方藥，併君臣佐使及進退加減之法，送副郎、主政分校，票擬送堂，批定等第名次，發院拆號，填名掛案。然後上疏，各照等第送用撥差。其入内殿者，必係脉理通知，而各差亦照案名次，不許踰越。凡有差缺，查該某人，摽貼在外，令其赴領。請託遂絶，人咸服之。

3 醫官各差，惟御藥庫爲最。院使受囑，屢次薦人，欲越考案。余嚴拒之，仍照名次序撥。其浣衣局一差，亦二十四差之最。舊例粘鬮，有少宗伯徐、于二公，各薦一人，令爲坐撥。余謂考案方新，舊例難改，仍用鬮粘，即方二公之命，勿恤也。

4 欽天監有王府一差，賞賜最厚。各官争以貴要干請，有力者俸僅三年而得差，無力者俸歷十二年而不得。又，此差例用相擇一科，往往以天文、占候、曆科攘去，人情久爲不平。余令該監將各官資俸從實開報，以七年實俸爲限，方給一差。如限内差過者，不准，未差者，補給其差。必先相擇，本科無人或資俸太淺，餘三科方許挨差。衆心悦服。

5 教坊司僉定堂長，供應三堂及四司、上陵等處用，所費動至百金上下。富者賄免，貧者代應，人多破家。余查此役審編，例在冬杪，臨期干託者衆，何以得均？乃先一月分付各色長，於朔日通赴司點卯。預裁紙條百數，上寫公報某家上户。迨點過，外閤門，堂前列卓，每唤二名進入，分站東西，開單繳上。隨入堂後以俟，不通外知。各開報完，逐單查驗。如一人有五十人報上户，即編第一，餘以次定編，湊足額數。其開報數少者，盡行放免。定案呈堂，行司遵守。及至臨差，酌量日子、用費多寡，或一名，或二三名幫差，周而復始。一時富户俱編，貧户盡脱，人人無怨。

6 祠司與司務廳，向各有小幼二人輪直，支應硃墨束紙。衙役各索酒錢，或指官傳買他物，人以爲苦。余爲革去，省費良多。

7 北京僧録司向管五臺僧官，但有替職者，例用多金方與出給。且坐名請敕，内官費用尤多。余謂保結宜取彼中，僧官只宜傳敕。具疏得旨，遂著爲例。

8 中和韶樂色長，多投入貴要，身不應役。一至朝會，倩人答應，全不成樂。大宗伯沈公偶與余言，隨約同寮一人，偕往御樂庫校選。但有色長不諳樂器者，即改入樂工，月給糧三斗。樂工有諳曉者，即代編色長，月給糧一石。半日竣事。以後朝會，大樂整齊，沈公深喜。

9 太醫院納銀遥授吏目陳（太）〔大〕節〔一〕，先是，乘大宗伯、祠（即）〔郎〕不進衙門，賄通吏書，朦朧堂司代攝者，改給納銀候缺吏目劄付，夤緣壽宫之差，幾及四年矣。迨至敘功，來見，欲求實授、加銜。余查司簿，原係遥授，不准給予。大節出堂劄爲證，余以司簿示之，始叩首求哀。隨爲説堂，擬參送法司。大宗伯朱公見簿劄互異，且劄係公押，署司者見爲儀郎，驚詫良久，謂余曰：「一參，則我衙門體大壞矣。」力止之。余仍以遥授吏目開送銓部，令人禀明選郎司公，而司已受顯者之囑，竟准實授、加銜。余欲具本以參，公力勸，不得已，中止。蓋爲公與儀郎不便也。

10 澧州有浮糧銀三千餘兩，向係百姓包賠。余爲查明，請詳兩院，允行豁免，民困獲甦。

11 岳州所屬州縣，向用里甲。凡有宴會買辦、下程，及府差到彼與吏書比較，俱着該班里長代費，名爲「軟擡」。里長指一科十，攤派人户，所從來久。余委趙推官查明，共三十六項，詳允兩院，勒石示禁。一時有司具見歛戢，民力漸寬。

12 巴陵錢糧，向來僅還四分〔二〕，餘俱爲里長、吏書、保户、催牌等役瓜分，以致官多參論，相繼去者八人。滇南王君夔龍，以甲科初任，懇求改教。余慰之曰：「盤錯正別利器，世豈有易民而化者？此地正公自見之秋，何必遜避。」王尚求改，余曰：「縣中積弊，向已諗知。只是不用里長，令民自納，不拘時候、不論多少、不拘服色，徑許到堂納銀。有色數稍欠者，亦准收之，令稍得便宜以去。官民相見，情意相通，一切各役俱可無用，民必有歡然辦納者。」王勉留縣，隨革諸役。乃里長恐喝百姓，一不赴縣，經月無收。王詢之，只云民已逃矣。揭禀於余，余曰：「此里長設計以弄官，非民果逃也。即民逃，田可逃耶？」縣具文申詳，本道據以出示，但有人代納逃户錢糧者，即將户田官批爲業。示後，百姓争趨赴縣，不事敲朴，依限樂輸。遂免比較，歲完十分，聲望大起。王德余甚，每來謁見，除常禮外，另行一禮，口稱門生。後選入臺中，執禮甚恭，余謝不敢當。王謂，業求改教，今官皆明賜也，敢忘大恩。王行後，代者俱率由之，往往遷去。

13 楚中各府徵銀解省，買木打造運船。獨岳州編派各户買木，赴省交納。其木産自上司，價值盤費既多，及至木廠驗收，又多需索伺候之苦，一經駁换，身家坐傾。如華容生員，以駁换二次，遂至投江而死。余心痛之，因檄該府，查照荆州事體，一概解銀。守聽吏胥堅執不允，再三督之，如議報詳，兩院允行，前害始除。院示，該府地方有「岳民得睹天日」之語，著爲永例。

14 楚中各府錢糧，有官解，有民解，而民解苦累殊甚。直指李公欲概行官解，行道議之，余酌爲三議：一議佐領不差，差倉官雜職；一議盤費計程遠近，酌銀算給；一議有司但僉解户者，照批紀過。詳允通行，直指批詞有「仁明」之稱，而民間獲免差解，亦各稱便。

15 黔臬吏多，收參必先效勞，效勞必先請託，至有白首不得參者。余心憐之，示令一照上納年分，置立卯簿，凡有差使，挨次撥用，不願者聽。其兩院票取書寫，及本司書房寫字，即於作揖之時試寫呈覽。各不書名，聽余選中，始開名覆試，送院收用，不能者聽。衆吏悦服，懇求刻石永守，余以官各有法，但可自行。後在粵齊，俱行此法，無不稱便。

16 廣東兵餉，每名月止六錢，又被員役扣尅，實得銀四錢有奇。故兵多爲地方人包當，遇點應名，點過回家，只以二三人看守船隻，任盜出没，全不緝拏。制府吏門亦被行劫，戴公怒，檄令申嚴捕盜之法。余謂，欲兵用命，先恤其私。月餉本少，又多扣尅，難以責其用命。况包當皆係地方，去家甚近，能不走回？查舊規，本府發給兵餉，先付海防廳，防廳轉付將領，又散與哨長轉給。層累而下，扣尅數多。今宜令該府徑發各該州縣，州縣正官先將餉銀鏨鑿，每六錢秤準，内開件數，外用圖書印封。完日，與州縣各地方管兵官訂期，同赴教場，唱名給發。但有裂封短少者，許稟明查補，仍行究治。若州縣發銀數多短少者，許赴道呈稟。如此則經手人少，扣尅難行，而兵得實惠。然後將原派信地稍爲更易，比往時距家相隔二三程許，庶各兵往返不便，未敢輕離船所。其查驗兵役，只責之本州縣官，不限日期，或乘公出，卒然到彼一查，月每三四次。各兵常恐不測，有誤查點，自無離次，庶巡哨加勤、盜可歛戢矣。以此通詳兩院，依擬通行。按院又令本道摘開幾語於銀封之上，後訪各兵，實得銀六錢，前弊頓革。

17 廣東管哨員役，多係四方流來聽用之人，先浼分上投收制府及巡道衙門，一遇哨缺，又浼分上營補。既無謀勇可以服衆禦敵，又有債負急於索例尅糧，以致海防疎縱，盜賊縱横。制府戴公患之，行道計議。余謂練兵必先選將，議將聽用諸人每遇月杪，會同總戎於教場中比試實技。以能射者爲一等，習熟武藝者爲二等。當時出示，一立案本道，一發案廣州。遇有哨缺，行府查照原行，大哨用一等，中哨用二等，各依次挨補，不許混亂，申道轉詳制府，批允差用。其初試不取者，候下次再試，三試不取，即便除名，不容告擾。一時有能者並録，不能者散歸，哨官無稱貸營求之累，各官無科斂尅削之苦，官民俱稱兩便。

18 廣東從化縣有紙税，每年官收十金。其管税者需索至千金上下，商人甚苦，告道。余令該縣葛令設處十金，每年抵税，除去管税人後〔三〕，紙商便之。

19 兩廣戴公，以兵餉不足，示民納銀百兩者，許其開圖。新會、東莞等縣百姓紛紛告開，詞訟煩多，版籍變亂，其弊有不可窮詰者。余攝藩篆，行廣州府禁止之。公雖不喜，人情遂定。

20 香山舶税，一歸税監。監竟聽棍徒私自下澳，與夷人貿易，並不到巡海道掛號，致無稽查。且通同總鎮孟宗文，載以戰艦，人不敢詰。余核得借艦諸弁，將參送制府，總鎮懼而求解。以後再不敢借船，私澳稍息。

21 廣東解龍涎香，每一兩用價百金，解進一次，鋪墊路費銀八百兩，向甚苦之。會有旨催取解香，一人討政府書與制府，攬差來見。余先以廣州府庫貯舊香，試問真否，渠應曰：「真。」余曰：「若此香可進，當准汝差。」渠許諾。時商人高索香價，余以有香却之，各願從減，減至每兩六十金。以新舊相兼，分二次解進，舊香既抵實銀，新香復得省價，至今以六十爲例云。

22 廣東賦法紊亂，小民不知歲供若何，一任州縣作弊，朘削不堪。余署糧儲，議於每歲秋初即爲查明核實，每縣立一簡明由單，内先清田、次等則、又次錢糧、又次人丁、又次優免。照田分則，量出爲入，要使府總與州縣相合，區總與户總相合。由單與户總既明，單條更簡。具文轉詳兩院，允行各屬。各屬遵照刊刻由單申道，驗過發屬，令户給一票，且於坊廂村鎮人烟湊集處所各貼一單，俾各通知。有不貼者，許百姓呈禀查究。按院李公見而大喜，批云：「此該道入粤第一無量功德也。」合省稱便，左伯蔡公備録一通，於粤西行之。

23 山東各州縣十年造報軍黄二册，中有違格及洗改差錯字樣，例行駁造，所費不貲。各該吏書多有求索，甚至通吏亦求對同，以便索擾。余第令該房，查有前項應改正者，各爲粘出。覆行各州縣，止將幾葉另寫續入，不必通造，以滋煩費。人俱便之。又各册向不印封，中途多改，余特嚴行印封，夙弊頓洗。

24 山東歛解各官，往往改傾銀錠，收取羨餘。到部兑驗，一被詰問，輒諉本司發銀，以玷名節。余廉得其弊，呈請兩院，今後解官每項錢糧，聽彼各選色數俱足四錠，赴司驗兑明白，印封，並給手本領投監收官處，令照此樣銀驗兑。但有短少，即係解官侵欺，徑自送問。仍於批上明註有無短少，以便查考。前弊頓清。

25 保昌令王循學，以逋賦詩呈。余謂逋不在民，多爲里長侵没，宜摘其數之多者，令縣尉乘公出，往詢本民，取票出驗，便知端的。令如指（謫）〔摘〕問，陽純貢一户，欠銀一百八十餘兩，原以子幼，將田五十畝付叔代管，錢糧每歲俱清，叔竊爲家用，竟不完官。因擬叔侵欺，發遣，申道。余雖依擬，仍照近例批行，三個月内有能完納者，從輕發落。不半年而前負已完，遂免遣戍。合縣聞之，相率上納。

26 三水素稱刁疲，錢糧積欠十不完三，令多掛累。有運司馮提舉署篆，苦於催徵不前，懇求釋負。余以該縣逋欠全在里長，令按比册，自欠五分以上分爲三等，俟余公出暫駐解比。後經該縣，馮如指造報，將各里申解前來。余照等責治，各稱小民拖欠，余曰：「如欠在民，誤責汝輩矣，可各將欠户開送。倘驗有收票，如保昌陽純貢者，照例發遣。」次日，各里俱認完納。余以半載爲期，面囑馮君逐月造報，若過期不完，即提至省城，發府監候。衆皆唯唯而出。自後不費敲朴，完及八分。制府戴公一日謂余曰：「三水錢糧完數至此，提舉何術而能若是？」余曰：「馮故有才，堪任壯縣，何難三水？」公遂疏舉爲新會云。

27 武定州守詹玉鉉，以民風刁悍，積逋不完，請命於余。余曰：「催科自有良法，若照數分限，查欠多寡以分責免，民必樂輸矣。」詹曰：「州有馮姓者，逋欠極多，向來負固，即差巡司亦不能挐，奈何！」余曰：「惟差巡司，此終於負固也。似宜發一紅票，明貰其罪而誘之來，與以更始，不加責治，庶幾馴化耳。」守一如余指，馮即出見，依限上納。其餘欠户亦各漸完，約至七分以上。撫院黄公喜而稱之，問何能爾爾，余述其事，直歸於守。隨遷秩去。

28 泰山香税，自昔稱多，每年有至二萬上下者，後漸少，歲收不過幾千。余初帶管，適當浄殿，撫院黄公面趣親行，庶無匿税。余謂匿税不在此日，全在收時，不清其源而徒塞其流，無益也。因爲條議，首擇委官，務於佐領中擇其出自正途、志求上進兼有才能者而用之。於上山之日，先與神誓不敢狥私，即以告文申報本道。俟其季終查閲，銀數極多者予薦；次多者予獎，或再委一季，以示風勸；其缺少者，輕則責治，重則斥逐。各官既畏神明之鑒觀，又懼院司之賞罰，必不貪受店户之餌，相與爲奸，以漏報而缺税矣。公依議嚴行，一年之内收至一萬七千餘兩，人咸異之。

29 廣南道所轄廣州等衛所，每歲軍糧例該查核，以報制府。先是，詳報第云查同，其各軍住糧開糧、有無補支及逃故死絶等項，俱不明開。以致扣除糧米俱爲各弁染指，莫可究詰，殊非查核奸弊本意。余行各該衛所，但有前項軍士，俱要明開册内，如某於幾月幾日住糧、某於幾月幾日開糧、某係補支、某不補支、某於幾月幾日逃、某於幾月幾日故、某於幾月幾日絶，逐一造報。歲終總核，共扣存糧米若干。迨至三年，貯有萬石。適制府戴公憂兵餉缺乏，向余商榷湊補，余以此置對，公躍然喜曰：「一查而得五千金。若每道如之，無虞缺餉矣。」

30 廣州各屬民壯，例於報名後差一隊長伴送赴道，試驗年貌，及舉重石三百斤，方給腰牌收役。余署巡海道篆，見試過舉重、面貌似非一人，知有代替。及查伴差給牌，俱有使用，約至一兩，至收役者又非試驗之人，空費無益。因令自後民壯，各屬徑揀選堪用者充役，申報本道，不必再送試驗，以省民財。

31 廣東强盜，多係有力者爲窩主。先造船隻器械，招集亡命，給與飯米，出海行劫分贓。事發，再不供出主名、夥黨及原劫贓仗，致難成獄。其窩主又賄買地方保約人等，多雇流棍到官，保結爲良。一時不察，誤信輕放。甚有本係良民，讎家誣陷，買人出結爲盜，反至議辟。弊風已久，莫有釐正。余總憲司，諗知其害，議令各屬申嚴保甲之法。凡有居民，各將姓名、年貌、習業併左右前後四鄰姓名，開報在册，一申本州縣，一申本府，一申本道案照。但有緝獲强盜，事在可疑者，弔册查出四鄰，密拘審問是否盜徒。其居民或有出外生理，必於本保甲處預先明報，以某日出、以某日回。併予查明，以見爲盜之日有無同夥。申詳兩院，允行。以後結盜、結良者一切禁止，夙弊俱革。

32 余總粤憲，有薛弁差人，持勘合掛號，内稱户部催取錢糧。自北直、山東、河南、南直、江、浙、兩廣以抵福建，回還所用廪糧夫馬，每驛約有二兩之數，計一路騷擾甚多。余疑其詐，責取部催廣東公文，令本官自來謁見，乃徑逃去。因請於按院林公，欲參處之。薛籍福建，與公同鄉。謂勘合既留，廣閩俱免擾累，且以前省直，又免回日重支，所全大矣。姑不深究。

33 余在黔南，屢有京差以火牌掛號，開稱兵部差往宣慰司者。余謂本兵嚴重，何至數與安酋往來？恐係詐僞。欲執而聞之兩院，適左伯楊公歸儒云：「川中常有此事，曾有一副憲參呈兩院，亦未見處。況今兩院不協，方各謝事，可已之。」余姑貰之，其後一概不與應付。

34 黔南民風習僞，如銀多低假，魚肉灌水，鄉民負米出糶、牙行扣除數多。諸如此類，計有十項，民甚苦之。余初涖臬，訪知嚴禁，犯者輒行枷示，得替方免。一時街市凜遵，夙弊頓革。迨余出黔，有春元十五人，追送一舍，云：「公祖此去，不惟大事無人主持，民間不復有乾肉一片矣。」

校勘記

〔一〕陳大節　「大」，原作「太」。按，楊天民楊全甫諫草（四庫全書存目叢書史部第六四册影印明天啓刻本）卷一載萬曆二十四年醫士陳大節事。「太」係刊刻之誤。據本書下文改。

〔二〕僅還四分　按，文意爲完足，而非退還。本則下文「歲完十分」。「還」，疑當作「完」。

〔三〕管税人後　按，文意爲取締一份差役。「後」，疑當作「役」。

十三　廣惠

1 余少時，見鷹鸇逐一雀墮地，有怖死狀，撫而放之。蜻蜓蛺蝶或罹蛛網，必爲解去。手不折方長花卉，足不踐蠕動之物。

2 余爲諸生時，有佃户任㒷，隆冬被單衣，寒甚，給以綿襖。家人曰：「渠欠租米，安得復給之？」余不應，仍寬其租。

3 先妣王夫人之族，有擬戍繫獄者，追贓八十二兩，追比無完，將斃杖下。爲介一言於當事者，貰之。迨發遣，仍資其路費以行。後至京，見其遺孤，復以金贈之。

4 祖塋後有陳姓兄弟，墳地相連，欲發去其塚，以地售余。余堅不許，兄弟纏擾不休，因助米二石，令其不賣。迄今尚存。

5 有家人陳介，塚地一方嵌余祖塋西北，致缺一角。介苦貧困，欲發塚賣地於余，余屢斥去。介終以賠糧爲苦，余代出銀一兩六錢，令輸於里長，開作絶户。因留其塚，而地仍闌出封外，角缺如前。

6 余督部獄，有劉寶等六名，被誣强盜，淹禁日久，苦無衣糧。時天驟寒，奄奄待斃。余令主者，人食以半糧，自買藁席分給之，食畢用裹其體。迨寒不能禁，又給以舊囚衣褲，而時時趣該司王公審理。已，盡開釋，歡呼而去。

7 閩人黄照磨，以解絹失水，賠補不完，一日處決。余心憐之，即捐一金，付其同鄉吏收葬。適被犬浛半面，亟瘞之，立表以識。

8 李政者，内相家僮也。年十五，内相殺人，以政代，論死在獄。余從江纘石知其冤。會朝審，内相將進毒滅口，禁不許。政懼不免，時常不食，余以言寛之，令主者食以糜粥，得不死。明年，以可矜末減。

9 有寠人張姓者，妻死非命，暴露於家，又身受官刑迫，欲自盡。亟遣人代爲買棺，地方奉縣官命不許，因慰以備過還直，并着二僕看守，許以米贍，勿令輕生。越一日，來領米，有僕謂，此人欠我家房錢未還，豈可復給？余竟給之。

10 夜過東倉，聞有閉門呼號者，停舟訊之，是隻身卧病者。借舟人米五斗給之，後竟全活。

11 徐州道中，見道旁死人，心識其處。抵州，封銀走柬與州倅，令遣役瘞之。後過本處，問輿人，輿人云：「此張四也，死而子幼，無人收葬。蒙過往一爺發銀到州，遂埋此山。得非是爺否？今其子見在前村，當令叩謝。」余不應。

12 往過桃山，有一人僵死驛門首，嗣聽輿人相問：「汝父何不埋之？」其子云：「苦無銀買棺耳。」行至前驛，親自問之，如數給銀以葬。

13 荆州堤決，亟往視之。見垂白四五人，哀愬水潦之狀，各給銀以助。

14 同邑戴文耀，原不相識，以武科選南韶守備，甫入境，即故。伊親凌某來告，余訪之孟總戎，知有撥兵護喪例，但未任，不便照行。因面諭署印戴指揮，勉處助役銀一百五十兩，又差人給以脚力，賻以三金，送之出境。

15 郡中皇甫百泉，長子以私鑄遣戍神電，伊子伴至嶺南，欲得一差，免赴該衙。余與孟總戎討給差牌，行文知會，幸免遠涉。適病不起，余助以三金，給夫船送之出境。

16 芙蓉驛丞諶揚惠，性呆而貪。余陪巡在韶，諶以答應顧按院爲辭，不一赴道。後按院被參，賞以銀兩，益加放肆，將站銀長支至一百五十兩零無還。制府行道究追，除豁免外，尚該還官銀八十餘兩，至賣次媳幼女以償，不給，又將賣長媳，泣告於余。余謂此官無狀，固宜爾爾，但鬻及女媳，情亦可憐。因先出四金，又爲同寮及總戎轉説，各助不等，共得銀十三兩給之，令勿賣長媳。其欠贓八十兩有奇，法當遣戍，力不能完。復遣書巡道張毅庵，令免餘贓，擬徒。又苦無力還鄉，給脚力出境。

17 邑中沈姓者，任粵巡檢，殁而過省。其子投禀，即給以銀併夫船，送之出境。

18 德府屬官，各以清苦，預支俸薪。余在司時，每先一二月給之，迨後有逃故應追者，皆自爲處補，免其賠償。

19 粵臬獄中，有重囚三十六人，每日人給囚糧八合。向俱給銀，後以米貴，銀不彀買，致糧缺用。余爲憲長，見司獄報單，一囚方病，次日即故，私心憐之。乘拜客回，突入獄内面詢，各因争泣以告，因知前情。隨傳廣州沈守與言，目今即給糧米，待後米賤如折銀之數，方給以銀。各囚俱得生。

20 余在粵臬，廣州府及南、番三學諸生，以年少攻書、貧不能過歲者，令教官每學訪三十人，開名以報。人給銀五錢。後至東藩，令濟南府及歷城二學教官，亦於歲終各開報五十名，每人以五錢給之。

21 山東解税銀於内監陳增，銀已收而批不發，復來催取，勒有九批，該銀三千餘兩。

増死，暨禄、魯保相繼代之。先後寫書往討前批，二監三次發還。内有太安州李姓者，已追銀三百七十餘兩貯庫。余請於撫院，批允給主，其銀俱免重徵。

22 同年陳澄渠，有化痞神膏。余求之以療幼子，業以重儀致謝，存有少許，珍藏在笥。偶聞劉都閫有應襲一子患痞垂危，以二膏藥付之，應手而愈。尋有王遊戎，亦以家人痞疾沉重，爲余言之。又給以二膏，不旬日奏效。所存俱盡，二命幸以獲生。

23 章丘徐丞，吴人也，卒於任。貧不能殯，其子遣人求助。先賻三金，隨寓書李令，令爲處卹，給以百金，扶櫬而歸。

24 恩縣有瞽者百餘，赴藩司求賑。余批縣查贖銀，報有四十兩，批令换錢分給之。

25 同鄉領佐等官，任山東病故者，必給銀三兩併馬牌一張，以助其行。

26 吴江費丞任淄川，以斂官收銀入省，不三日而卒。其孫生員求助，亦以三金爲賻，寓書高令，以三十金卹之。更請益，余再賻七金，給脚力，送之出境。

27 每歲當除夕，念親友之貧不能卒歲，或有在禁者，各以銀米遺之。

28 辛亥夏初，回任東省。時以荒旱乏食，流民載道。余以銀换錢，隨人給之，又有給銀二三錢不等者。

29 戌春覲回，過保定地方。停車道側，見一人叫呼跳擲欲死，遣吏問之，云係驢夫，趕脚得錢，偶爾撒地，被人拾去，難歸，因而尋死。余問其錢數值銀若干，照數償之。其人欣然領去。

30 舟次新河，有一夫失脚下水，亟救不生。以一金給其兄，厝之。

31 東省入簾，甚苦腰疼。有言，用雄猪腎療之，神效。即傳諭司吏，買一口以待。撤簾後，吏請宰用，時病已減，即賞給餧養，不許宰殺。

32 蘇松二府起解德府白銀，例由藩司換批，必有使費。余分付該房，不許索錢。又囑長史速爲啓請，及柬内官勿加措勒。竣事到司，以飯銀五錢給解户，所省甚多。

33 邑中有汪姓者，解軍登州，來見。余謂該衛既遠，需索又多，爲致一書於本道，令人分付該衛，以俾速發回文。併給傳符於解子，徑由彼中過淮安，以省路費。

34 表親孔春華，冬天無衣，余出銀代贖。及妻死，又代置衾棺送之。踰年，身故，復助銀舉殯。

35 余督部獄，諸囚有病不能飯者，余令禁卒飼以粥糜。又有不能食粥者，余問其心所思，對曰：「犯人但想蘋果吃耳。」因買二枚飼之，其病遂愈。一時同寮有「果子養囚」之嘲。

36 南京徐錦衣纘勛，有絶愛家僮魏承善，爲吴中周張二生誘去，多方擒獲回家，致有紅拂傳奇行世。後又爲史錦衣玉陽所誘，索取未得。玉陽故後，其子復送歸徐。徐公大怒，重責八十，禁於東園，將置之死。一日，公宴余園中，有所親姚公在坐，謂余曰：「今日必借重一言，此僮方可得生。」余念逃奴可恨，罪不至死，因宛言勸公，遂得釋放。

37 里中有書手李文治，遣戍虔南。余過其境，文治泣訴力弱不能荷戈，乞免團操。因爲請於陳游戎，免之。瀕行，來謝，見其貧，復解袖中金以贈。

38 武昌孝廉歐陽晟，余乙酉所舉士也。會試道卒，母妻無倚，余解槖金賻之。

39 華陽王府貧宗，以歲凶告賑。余請於兩臺，人給米四斛周之。

40 魯府宗室，積欠禄糧三千餘兩，歲歲告擾。余曲處帑金之半，詳院准給，人情始安。

十四　秉直

1 刑部有一事，干連貴戚，致激上怒，以後每日差校尉到部聽記。會同鄉旅謁申相公，公問同年朱公熙洽曰：「此事，貴堂翁何以處之？」朱應曰：「欲上疏認罪。」余曰：「無罪可認。朝廷不信大司寇，反信校尉，此端不可開也。直須執奏併引去，則可耳。」相公默然。及出門，朱謂余曰：「認罪之説，李堂翁原與相公商定，兄何出此言也。」余曰：「向聞李漸老有望。此疏一出，掃地盡矣。」

2 李鳳在粤，廣求方物進獻，每約二司往觀，余獨不赴。偶同陳左伯報謁，適鳳進獻之時，出所市西洋圓白素珠二挂，及鋪地大紅羢單等物，各言其值，以誇珍重。余曰：「聖上不少此物，亦不宜多見此物。宜少進之，以養聖德，以節民力。」鳳默然。

3 江院林公應訓，駐節吾邑，開濬吴淞江，於千墩、菉葭浜建閘二座。余自吴興歸謁，邑父母程公遠公，盛稱開江建閘之利，余曰：「廟堂重念吴民，至用金錢二十餘萬以興此水利，煩費公祖父母盛心。但語云，掘地注海。今江身原額八十餘丈，僅存三分之一，餘俱爲蕩爲田，民有契價，官已升科。欲掘，則價何所補、糧何所出？不掘，則挑濬淤泥，止攤兩岸，土脉原不勻和，一經風日，盡行坍塌，開即爲塞耳。至於南北水利，向不相同。漕河恐洩，故建閘節宣，使水有停蓄。吴淞恐淤，今一建閘，則沙必停留，得無異日有妨否？」公變色而言曰：「議事易，成事難。」拂衣而起，余遂别。

4 撫院周公孔教新任，余往謁之。公首以開濬吴淞江爲問，余曰：「江南水利，雖在吴淞，然萬曆以來連開二次，費銀四十餘萬，而輒罹水災，何也？總由支河不開，蓄洩無備故耳。即如崑山一縣，吴淞江自西南旋遶而東，一枝南流以入黄浦，一枝北流以入婁江。兩岸支河甚多，民田全資灌溉，向俱淺塞，遇旱不能蓄水而乾，遇潦不能容水而溢。即吴淞已開，亦無補救，所從來矣。如將各處支河，令縣正官查勘明白，要見某河原額深闊若干，開復原額約用夫役工食若干。即於得利業户照田均派，内擇一田多有力者經管其事，造報在册。俟其竣工，官爲驗視，有不如法者，責以再開。不過三年，支河盡濬，旱潦無虞矣。但民難慮始，力亦有限，似宜呈請上司，量處錢糧以助工費，或官民各半，或官七民三，則事尤易辦，尅期可完。即吴淞不開，亦無災患也。」公雖頷之，而議似創聞，竟未及舉。迨三十六年吴中大水，田地盡荒，公討求其故，父老亦多有言之者，於是規畫稍有次第。正欲興工，會公解任，乃遺書於余，悔不早用前言，謂自己無緣、吴民無福云。

5 吾邑二閘，原無閘官以司啓閉，海潮一至，停積泥沙，不能洗刷，江口就淺。且巡司帶管弓手作奸，將閘扯閉，阻人來往，動以舟渡索取錢銀，小民不勝怨詈，未敢勝言。余奉差回郡，兩院見招，問及民瘼，以此事爲對。遂下縣行查，而邑父母劉公素諗其害，申報宜拆。於是二閘俱毁，江流不淤，民免病涉。昔年告程父母之言，至此有驗矣。

6 萬曆壬辰，江右劉公應麒爲應天巡撫，議將條銀，官大户比十分、小民比六分，併將士夫編審糧役，一時騰怨。公方杜門，知余反自武林，差官候於葑丘門外，立請相會。余辭不獲，下午往謁，公迎入就坐，先以比較事詢余。余曰：「公祖爲官户多逋，故有此議。恐寒家亦有逋賦，何故僭言？」公云：「貴縣只有宅上及張可庵不欠，已明列告示矣。」余曰：「有司考滿，錢糧例要完及八分有奇。若官大户、小民照此分數完過八分則可，恐官大户田少、小民田多，及照議徵完，數或不及耳。」公因命主者計算崑山田數，見民田多於官大户，即以六分完算，其條銀僅有七分。公慨然曰：「如此，則前議難行，亟已之矣。」又問糧役如何，余謂士夫之不欲僉役，非直爲體面不雅也，士夫之役類託家人經管，一有侵欺，害歸本主。如敝邑顧黄門之子，曾以侵欺擬戍在禁。賴同科同年夏相公桂洲過吴，差人控訴，夏特與撫臺言之，因爲代完貫罪。前事如此，人有畏心。且民間收糧，例用加二，士夫家人，收必横加，此亦非小民之利也。公曰：「果爾，當併已之。」二事隨即報罷，然人情已自不愜，公尋請告行矣。

7 萬曆庚戌，閩中徐公民式來撫我吴，欲將南北運解先儘官户，次及大户，餘役方簽小民。道府俱未熟識，一聽長洲令韓原善之言，徑自疏請，奉旨允行，且著爲令。會余回任，謁公，公問曰：「弟爲貴鄉民田多詭寄官户，倖免差徭，以重困小民，故有此議。年兄以爲何如？」余曰：「公祖既爲民而變法，必使小民實受大惠則可。」公色變，曰：「豈有如此而民不沾惠者乎？」余曰：「今法初行，原無别議。但自來良法，久則弊生，特慮其末流耳。」公曰：「欲民沾惠，何以查知？」余曰：「他縣亡論，即如敝邑，墾田有數，運解有數，收銀亦有數。今以運解業僉官大户，存下惟收銀耳。往年收銀千兩，該田若干，今止用田若干，數省於前，即是明惠。此一查立見者。」公遂不答。然此法一變，弊竇滋多，不但有司徇私撥差，高下在手，且多簽收頭人數，令空役者輸銀供用，以致小民之田向以八十畝點役者，今且(儉)〔僉〕於六十畝，受累大矣。

十五　弭患

1 澧州有護城堤，用防水患，有通濟橋，八省經行，向俱頹壞。余到任後，行州築葺，居者行者兩便之。

2 廣州至南雄有淩江，長千里。船家慣習謀人，以迷藥入飲食内，人醉且癡，即縛而投之江中，盡掠其貲以去。歲報殺劫，每有五六起，甚至一次殺數人上下者。余以此地方大害，亟欲除之，詢訪弊端，議立十款：「一設埠頭；一編船户；一禁搭船；一戒造飯；一止夜行；一毋野泊；一客貨先從起處報縣給單，内開人數年貌，到某縣交卸；一中途委巡檢官照單驗放，不許盤貨需索；一客貨卸後，將單繳縣，關會給單縣分。」等因，詳允按院。行之三年，再無失事。後客人以寫船、給單、繳單及驗放四項，不無小費，徑赴後院告免，仍照往年自行，一時盜風又起。韶州府王守患之，舉以來告，余令行縣查議，僉謂宜復近規。余遂面陳於按院李公，轉詳允復。自後無復患盜，人命保全。

3 廣城每遇端陽節，沿海地方棍徒醵金，修造龍船及採蓮船遊行，自五月朔日起，至望日止。龍舟競渡，多至打傷數命。蓮船盛飾設筵，招集里中少年子弟飲賭宿娼，動費貲財，窮則爲盜。其觀看子女群聚衆中，往往被人掠去貨賣。余知其弊，正欲禁戢，適税監李鳳來請端陽節酒，觀看前船，余即辭以疾，杜門不出。隨給告示嚴禁之，莫有敢犯，境内肅然。鳳大嗔怪，有鄉紳區公大相，遺書來謝云：「自來敝俗，一旦革去。」所省民財約二三十金，且保全人命與民間子女並多。

十六　定變

1 新會令鈕應魁，認稅監李鳳爲同鄉，私與往來。一日來謁，余命之曰：「二監在粵，吾輩只當以地方爲重。若有差人到縣，不可縱之騷擾百姓。」唯唯而去。未幾，稅監有原奏官陳奉，以生牛稅往新會抽取，與士民相角，該縣代爲勾攝送奉。奉將李生員八十餘歲之祖拶指，遂致士民鼓噪，縣引奉藏躲私衙，人情益憤，當毀堂廡，尋搶衙舍。鈕令同家眷、陳奉逃避庫内，以守宿兵快四十名自衛，縣民絶其薪水，閉門乘城，欲困之死。

如此六日，省城通不聞知，適余查盤新寧，自省啓行，甫登舟而縣文告變。余戴星前往，越二舍，又接有急救公文，始知民變之狀。行至該縣二十里外，時已四鼓，候潮進舟，隨發二示，内言：「本道出巡，經過海上，偶聞該縣百姓結聚千人，必有大故。本道特爲按臨，汝等可即控告，即與處分，決不使汝等失所。朝廷法重，不可輕試，以貽後悔。」差二役前到城下，不肯開門，見有本道告示，衆相慶曰：「救命爺至矣！」争赴舟次，約有千人，向余哭訴。余以好言慰之，令先回縣，隨乘潮進舟。

一抵馬頭，萬衆畢集，不能登岸，牌示道前伺候，人始迴避，方得入城。各家閉户，百姓夾道跪迎，呼聲震天，並云救命，即委巷亦俱填滿。行次縣前，見僵屍如許，心甚惻然。比至道前，擠有萬衆，幸預寫一牌，令官吏師生人等照憲綱次序入見，不許參差，始各遵守。時文職再無一官，只有所官、教官參過，隨及諸生，見袖中有呈詞將出，余先問：「陳白沙先生是貴縣否？」皆對曰：「是。」余曰：「我國家二百餘年，從祀只有四人，先生與焉。信是文獻名區，諸生必皆遵守禮法，以故百姓喧鬨之秋，自有雍容雅度，可喜可喜！」諸生一聞余言，即將呈詞入袖。余因問百姓喧鬨爲何，諸生皆云不知，余曰：「諸生雖不與事，但學校，公論所出，可從公一言。」諸生仍不出半語，但云百姓在下。余就問之百姓，惟有大哭，因取具公呈，余曰：「縣官回護差官，不爲百姓，法即當參，汝等何不赴上陳情，自相結聚？」衆謂海邑距省頗遠，一時怨激，遂不及告，余曰：「今事聞本道，汝等只該聽道處分，即時解散。如再結聚，自有三尺！」衆皆回首向外大呼曰：「老爺分付，就散就散！」既而穿孝者數十人，哭訴父兄子弟被縣殺死，余曰：「公門，無故不許擅入。汝等不合進入縣門，致有蹂践，本不足惜。但係百姓，死即可憐。今暑天，暴露縣場，本道要往盤庫，不便。」衆訴貧民難收，余問葛尉，查有二十四屍，即令門役取卷箱内俸銀，人各一兩，付尉給散親屬，收屍去訖。余正欲閉門，鄉官來拜，拜而謝余曰：「敝縣幾成反叛，生等日夜深憂。幸老公祖按臨，即時解散，又一宇宙矣！」余謂百姓方出，何得遽散，諸公曰：「一路鋪面已開，真是市不易肆！此俄頃功化也。」各謝而出。尋往報謁，果如諸公所言。

比還，鈕令以囚服請罪，且謝曰：「一家七口，命在須臾，俱藉老爺保救。」余曰：「衙中七命，固獲救矣，縣場二十四命奈何！」鈕叩首不言。尋令更衣進見，責以大義，謂在省城業已真切言之，奈何尋激民變？令惶愧不能置對。期以次日盤庫。比至，見墀下跪有一人，亦以救命叩謝。問之，云是陳奉，余曰：「汝疏奏四萬税銀，遺害東粤，百姓方欲食汝之肉，安得又在此魚肉百姓？我悔救汝命，何謝之有！」奉泣求還省，余曰：「一出城門，百姓定不饒汝。」奉益慌懼，而鈕令又兢兢慮其自裁，力以還省爲請，乃令鈕令多差護役，遺書内監交付明白，守取回音而還。計過該縣只有二日，人情已安，庫藏已驗，巡道章年丈方來。余因訪其啓釁倡亂奸民姓名，屬章年丈酌量議處出示，以安地方。余隨往新寧，用竣查盤之役。

當余之定變也，具報兩院，報至時，兩院上午方接告變之文，下午隨聞定變之信，並驚訝爲奇。按院欲得面會，余復往肇慶相見，謝曰：「如此大功，兩院俱當叩拜！該縣世當尸祝！」余曰：「此亦焦頭爛額之類，何足言功。若當時鈕令肯從本道之言，必無今日矣。此事即當疏參。」按院心畏内監，不敢發本，且欲保全鈕令，以待大計。余再三請之，不得。是秋，余賫捧過京，有省中王希泉聞其事，具疏，疏内深許余功，竟以兩院無疏，使余泯泯。

2 税監李鳳，令徒棍五人分布省城各門，亂抽小税，人情憤激，欲得甘心於鳳。時余方定新會之變，歸至裏海，番禺穆令心甚憂之，具揭以請。百姓二三百人各拏小艇，哀訴於余，余曰：「爾等勿學新會，本道到省，即戢之矣。」及至省，百姓擁入衙門，喧呼聲震。余收其公呈，戒毋輕動，以聽撤回。已而李鳳入謁，即以危言懼之，五人遂撤，地方帖然。

3 余自温州試回道，遇一人攔告，知杭州各學生員進省候試，將發難於税監孫隆。比過紹興，按院留飯，徑辭遄歸。先赴本道，見諸生洶洶，即取公呈批准，戒勿輕動，静俟下學發落。隨詢其事於府守、縣令，皆不肯言。余固問之，始知新進生員都文奎，乃税監塘長之子，同父在湖南净寺爲孫公祈福。有錢塘丁憂生員李文質，以掃墓醉回，進寺誶語，兩下相争，被文奎之父用繩拘繫，未幾放訖。各學聞之，憤憤不平，僉欲與孫公爲難。余久勞方返，初擬少憩，一聞此事，亟移試期，先於下學之日賞罰德行。次及錢塘，只問二生事體。面詢府縣，知拘繫是的，即將文奎責革。文奎猶以新進乞憐，余曰：「生員無加繫之法，同袍有相恤之情。即汝父無知，而汝不解救，是忍絶同袍矣，豈可復與諸生同庠乎？」立斥之。諸生羅拜以謝曰：「真宗師！人人俱心服矣。」

4 萬曆己巳〔二〕，廷試南回。行次陽穀地方，舟人不戒，撞損宋姓者一舟。當有多人上船攔截，適同貢官、揭二兄見之，先行喝罵，又鞭一人，因被奪鞭還毆，血濺於面。有宋人子，狂叫亂擲，驅孕婦、病婦卧船，不容前行，一時幾變。余與嘉定張丈起孝同舟，張堅不欲出，余挺身登岸，謂地方人曰：「撞船小事，汝等乃毆傷兩相公面容。兩相公與我同年，爲我見辱，必然要告官司，汝等罪責不少。但以暑天，相公未有巾履，汝等不知，觸犯，尚有可原。姑與汝等曲處。」地方一聞余言，心皆悦服，敦請到家，設坐陪禮，且出酒榼爲餉。余曰：「汝等既自知非，我已不校。」隨令人付銀三錢，代爲修理。衆送余登舟，呼諸卧船者回去。余因往謝二兄，方舟而南。

5 甲戌會試，將抵濟寧，月下乘風，舟行甚駃。榜人倦而輒停，拋錨河內。有閩中會試四公同舟，過而觸之，舟遂發漏。衆皆叫號喧噪，將甘心余舟。時已丙夜，余一聞之，促同年周丈道行起看，周卧不起。余披衣徑出，見舟已沉河，不勝驚惋，往彼詢問，謂四公曰：「小舟不戒，致觸尊舟，惶恐無任。今陪諸兄至曙，代爲鳩工修葺，完日同行。」且酌大觥以禦其寒。諸公見余慰藉，當諭家人勿有相犯。余留彼半日，諸公固請先行，遂别之北上。

校勘記

〔一〕萬曆己巳　按，萬曆無己巳年，時李同芳爲貢生，本年當爲隆慶三年己巳。「萬曆」疑當作「隆慶」。

十七 矜恤

1 廣東黎馬屎等，以反囚問重辟，三名在臬司監，八名禁瓊州府。制院疏下，奉旨即決，於十二月二十一日早差旗牌到省，檄行本司。余以廿三日立春，在司三名似難於次日速決，及轉行該府，計在上元，不便行刑。況按院審録，瓊州八名内已寬一名，焉知見在數囚，一無可矜疑者？躊躇良久，具揭制院求緩，幸獲亮俞。迨至夏初，行司處決，適余以病在假，又時當盛夏，揭請再緩。直至季夏，差官到省，不得已，行刑。各囚之死，緩有半年，少盡死中求生之意。

2 武昌惡旗，打搶余船，甚至放火，狠毒殊甚。後爲總河劉公訪拏，行道究擬，趙大梧斬罪，餘俱調衛。據招謂，首犯林鵬病故，鵬子執大梧放火，遂爲重擬。余以放火之人，舟中曾已面認，今未面審，不知是否大梧。鵬既爲首，大梧或亦似從。矧招年七十，又似與前日執炬者稍異，情尚可疑。久禁異鄉，必致瘐死。行道改斬爲徒，餘俱末減。

十八　救患

1 副憲趙世禄，先守吾蘇，轉官濟上，余移鎮在彼，時常接見。嗣聞連喪母妻，方用心惻，忽抱寒疾，二十日不汗，勢甚阽危，衙中更無親識作主，諸醫觀望不敢下藥。余亟命州守唐君率諸醫進脉，令各寫一方，不書姓名，聽憑占决。乃先供關聖在衙，逐方卜之，内得上吉一籤。照方煎服，一劑即汗，三日而愈。復以小菜數種遺之，尋就康勝。

2 普安鋪夫傳送公文，爲苗人傷首，血濺封筒，不能親遞，另人投司。余訊知之，隨給三七與本役持去，教以敷法，且嚴囑之。鋪夫竟得不死。該道易公來告，始獲與聞。

3 歷下元宵，中軍王參戎延請三司於教場内，舉放烟火，傾城士女往觀。偶傳城門將閉，人争闌入，蹂踐一人，已死在地。余停驂，唤地方與醫生急救之，擡入鋪中，令二役守視，幸而復甦。次日來見，因給醫生銀三錢，又給本人銀四錢，令服藥將息。各謝而去。

4 貢院墻東民家失火，東風甚猛，勢正燎原。余偶望見烟塵，急使人於王中軍處調取營兵百名，疾趨救援，將民房拆斷，火勢遂熄。不惟貢院無恙，居民亦俱安堵。

5 余自黔南回，舟次安慶，風雨大作，暫泊洲渚。適送吏徐姓者，穿油靴，行過官艙，忽然墮下，人無見者。余聞其聲，亟呼水手救之。良久始出水面，幸不溺死。

6 余舟過揚州，以黄昏潮上，逆流而行，水勢甚急。忽有水手一人墮水，忙不及顧。余疾呼撩救，遂全其生。

十九 恤下

1 楚中院道出巡，岳州文武官員例該渡江迎接。聞前有一指揮，遇風溺死。余按部，先傳命各官，只在江邊伺候，不必渡江。後遂爲例，各免風波之險。

2 荊南舍役黄姓者，領有傳符，爲其子失去，懼法思縊。余聞而貸之。第知會各郵，令勿應付。其人獲存。

3 山東司役工食，前任每於季終方給，人苦不便。余按季給之，如遇年荒，准其預借一季，大荒，二季俱准，以示恩恤。

4 山東貢院供役市民，舊規，人給一金。後左伯劉公以著役日計算，多不全給，民甚苦之。迨余在事，仍給一金，以後相沿不變，人人色喜。

二十　尚信

1 余有同貢李周策往婁，舟過東門，遣人來約回日相會。時方六月，詰旦，急爲設席待之，不至。次早，另設以待，仍不至。又次早，治具以待，終不至。越歲，會於白下，問渠何日西還，竟不下顧？渠笑曰：「次早風便即還，不及相聞，何年丈認真若此。」一笑而罷。

2 庚午冬初，有南京錦衣徐少東，介王比部書來，以束脩百金爲聘。余甫諾之，適雲間徐文貞託秦春元，過家延教其孫。余以方諾徐家爲辭，秦曰：「相國比錦衣爵尊，雲間比南京路近，二百比一百禮重。」力勸改約。余以負諾不安，竟赴前約。

3 余在客部，以春祭上陵。有同寮唐曙臺，欲往西山，約至卧佛寺中相會。祭畢，拉同年董巢雄偕往。會天微雨，董勸回京，余恐負諾，固邀之去。抵暮，路迷，與董相失。冥行至四更，甫到寺中，唐不至。詰旦，亟往西山訪之，香山、碧雲皆不見候。至午後方回，直造其寓，唐正偃卧。詢何不來，云意懶不及踐約耳。是夜，深山有虎，重以雨淋，弗食弗息，勞且受驚云。

4 分守荆南，時同年李雨亭賁捧南還，相約登岱。而李從陸，余從水，因與訂約，如先到德州，少需一日，以便同登，業已見諾。比余星馳赴之，彼已先一日徑行。余亟追之，彼又以先登一日而回。時天雨半月，李不獲見日出，余至適晴，獨及見之。余欲笑其無緣，而李尋不起矣。

5 庚子秋，余與同年顧沖吾入賀畢。渠從陸，欲至河橋登舟，余從水，許與河橋一會。第陸行路近，恐渠先至，因晝夜速行。比至河橋，顧尚未到，治席待之。越宿始至。

6 總河曹公，有一書吏沈啓蒙討缺，前任沈左伯未詳。余蒞任後，曹遺書讓沈，沈促余准缺。余查此吏未經按院考試，於例有妨，亦不爲詳。晤次，語及，曹頗有怒容。余以前情對，謂考過即准矣。已而曹以艱去，隨卒，而此吏亦已考矣。適按院有吏五六人，相繼討缺，余以首缺須先儘沈啓蒙。啓蒙未准，遽准諸吏，則啓蒙終無參期，本司何辭泉下？一不爲報。按院某公嚴檄見督，余以實告。乃先參沈，而序及諸吏，得踐前約云。

視履類編卷之下

二十一　崇讓

1 余服除，補任儀曹，聞銓部欲推爲閩中學憲，遂往謁申老師，辭之。師曰：「俸已及期，且有文望，正當典學。」余以進部不久力辭，師曰：「此缺要便難，不要甚易。見有李夢池來討，當與之矣。」命下，果然。

2 余在祠曹，儀郎張尚齋以參藩謝部，謂余曰：「兄已代弟矣。」余愕然，入辭大宗伯沈公龍江，公曰：「調司，例也。何辭？」余謂客曹吕郎中俸深，宜調。沈曰：「此銓部事，我不與知。」余力辭不獲，因拜别以出。沈拉余以問故，余終不言，沈固問之，余曰：「郎中乃吴人。」沈應聲云：「此厚道也，當爲成之。」遂寓書同鄉李司廳根，轉聞之楊太宰。太宰不允，李浼文選君再三與言，乃令人暫抽前疏以出。太宰嗣會宗伯，云：「此官有望，特借管春秋二闈，隨移光禄。難聽其辭。」沈云：「士各有志，不必强也。」越三日，遂改調吕。吕果以明年移光禄，再轉南少京兆而去。沈常與儀封張公湝東，亟稱此事爲晚近所難云。

3 余代署儀司半年，轉客司副郎。沈宗伯以名封事煩且重，又（扎）〔札〕余代對四月，許以祭差回籍。業已戒行矣，忽有膳部主事甯中立，初任一月，明知差已屬余，徑與沈宗伯討取此差。沈初難之，甯詞色俱厲，意在必得。沈因訊余知否，余曰：「不知也。」沈問事將若何，余曰：「渠既欲得，不讓即争，殊非禮部所宜。」慨然讓之。臨行，同寮公餞，意余不出，余竟餞之，歡然而别。

4 上閲壽宫，傳密旨於張瑺，謂禮兵工三部官員有事於壽宫者，如人少，准皇祖陞京堂例，多則不准。張瑺授意於大司空石公，公令繕部郎葛龍池乘夜叩門來約。余以無功辭，葛云：「貴部總擬規制，功當首論。但人衆，不便内轉，只用兄一人。」余不允。詰旦，仍開先今在司各官以報。葛卻手本不收，又請少宗伯于公面與余言，余終不聽，開報如前，三返方收。時兵工二部各開不過三人，獨禮部開至八員。敘功疏上，工部陞太僕少二人，尚寶卿一人，兵部陞職一二級不等，余僅陞俸一級，同官賞銀有差。以後二部陞者，各被論回，獨余不及。

5 余督學二年以上，有宗伯羅公康洲，託其門生湯温州致意於余。謂子弟試俱三等，原不受恩，第自有識以來，宗師至公至明者，無如李公祖，欲再留任二年，先加太僕、大參職銜，如喬壽齋例。再三懇請，務期必從。余曰：「多謝貴座師厚意。但弟爲此官，心力殫矣，不能奉命。」遂力辭之。越半年，始轉荆南分守。即學道例陞糧儲，亦不可得。

6 余轉山東右轄，到任三月，適左轄沈公陞河南巡撫。黄中丞謂沈曰：「此缺當屬右轄。」欲行咨部。余以劉公尚志俸深爲辭，黄曰：「渠帶銜右伯，例先在司。」余辭之。已而劉轉粤西，黄曰：「銓部意，可見矣。」又欲咨部，余又力辭。未幾，劉改推山東，任一年而被察，余始代之。

7 庚戌大計，撫院開報卓異，謬首及余。有糧道徐大參堯莘，俸已及矣，而不與列，恐妨陞轉。因揭請撫院黃公，盛稱其守荆州時力抗陳璫，地方頌德，是節與才兼而不炫露者，大非本司所及，何敢先之？願讓該道。公報曰：「如此則並舉耳。」計事一竣，徐公遂轉粤東憲司。

8 余户田數畝，辦糧二年，原主復盜抵宦家債銀，私欲收去。告縣驗明，仍斷余爲業。彼家入謁面争，縣公不得已，以書問余，余即讓去。同袍咸不平之，謂余曰：「户田見奪，吾輩難保恒産矣。」余笑置之。他日晤於席間，恐余見嫌，汲汲自解。余曰：「當時兄若見教一字，即百畝可讓，况數畝乎？何必聞之縣大夫也。」

9 家人鮑勤夫婦外居，以借管東濵私債，乘余在任，勒取回家。余聞而致書，許還身價，業聽之矣。遲至一年，徑鬻其妻，得銀數兩，止還其夫。余念同年，連夫不取，所少身價，亦置不問。

二十二　存厚

1 余自弱冠，有庠友陸公士道，延余爲諸姪師。内一姪在監，相資出五金，二姪相從，出五金。館於陳墓，距縣五十里而遥。是春，余方婢姻，七日即往，止有二姪來學，大費課督，且館舍荒凉，供贍粗簡，心亦安之。其在監者，因循一春，後竟不至，賴去五金。人勸余取償，余恐近俗，終不出一語。

2 嘉靖辛酉，余爲海寧吴宗師科試第三。城中有朱某者，遂聘余教其三子，原議束脩一十六兩。迨坐館，益以二子，後又益以内弟、孫壻，皆初學爲文，全費心力。至秋，尚無脩金相送，勉以爛米七石見遺。余見其難處，入冬預辭，直届除夕猶不送脩金，至無以卒歲。新正，方送低銀九兩，併高擡米價，以足原數。其添增四生，一無所遺。余亦置之。

3 乙丑，余館於邑城沈某家。端陽時，曾託外父支取脩金，許送，中止。後誤認爲已送，徑少六金。外父欲爲證明，余謂，一言，彼不自以爲誤，而反疑我爲求多。余即貧，不可受人疑也。遂置之不言。

4 丙寅冬，用價五十二金，契買顧某田五十二畝，收户辨糧。次年，又貼絶銀十兩訖。不意伊欠舅氏金允殖債利，逼討無還，金乃以父出名，代借鄉官許從龍百金，扣還自己本利，止以數金付之。後許來取前銀，顧不能償，出避。金徑將前田送許管業。余産價兩空，親友難處，勸令告縣。縣方拘提，會學院案臨，未果。適有族伯某，先以祖塋與先大夫有言，金遂以二十金賄之，揑造另詞誣訐，學院行縣究解。隨浼從龍置酒，請縣公王父母。酒酣，下石，令重處余。三發言而王不答，徐應之曰：「晚生年過四十，無子，奈何！」明示枉之意，乃止。迨縣問明，詳及田事，院怒族伯，厲聲重責。余力求免之罪，姑依擬批行追給田價。縣比數次，無還。捱至次年，余幸承恩選，王公追比益力。余念顧實負余，且受多累，本不能堪，第原係表親，曾與同學，今以家人應比，責及無辜。若比本生，體似不雅。況幸承恩，所得作興銀兩至一百五十以上，亦足相抵，不必復較。因請王父母免之，王訝曰：「公處清素，田價豈可不追？」余語如前。王嘖嘖稱爲雅量，令余虚補領狀詳繳，前田歸許至今。

5 顧侍御龍徵，場中受余恩而不一謁，粤東格余議而不一行，争税發嗔，幾無人理。亡迨謫判曹州未任，適余開府在彼，託人討差，以便量移。余即以催取馬價差畀之。何，遷令夏邑，又以十二金爲贈。

6 湖廣左方伯王公應乾，偶忤撫院郭惟賢，連責二吏，因具文請告。聊以存體，非其志也。郭遽准之，王遂回籍。余守荆南，距省甚遠，聞信差人以二十四金往候其家。王出見差人，曰：「前急出省，每有相近不相聞者。奈何越三千里而來，且以轉開府之禮見貺乎！」蓋王與陳公用賓皆係同寮，陳開府滇南，例以前儀舉送，王去任而禮數相同，故云。及答書，有「一貴一賤，交情乃見」「一死一生，乃見交情」等語，深加感歎。余覽而訝之，謂何至語及死生。未幾，王以憤懣而卒。

7 廣東按院林公秉漢，余入覲時，送有夫價。未幾，以建言回閩。余亦留家不赴矣，仍備折儀二十金，託渠親家方伯蔡公往候。林以世情未有，回書稱不容口。然余性自爾，非要譽也。

8 山東中式舉人，例有圓領襯襬一副、絹傘一柄，向來取用鋪行，貨甚粗紕。余議，前項絹疋一併於蘇州平買，俱堪適用。其襯襬原不通袖，余令衣工計之，再加絹價二十四金，各製通袖給之。遂爲永例。

9 舉人坊銀，向來不拘大小錠件、色數足否，給付吏門持送。有一人而送三四五名者，當日既不即送，次日或有短少，人殊病之。余先期將庫銀揀選足色，兑付銀匠，委一首領監傾。如解元百兩，經魁九十，舉人八十，各傾二錠。傾完兑驗，俱有色數不足者，仍付改傾。封貯庫内，宴日以匣盛放卓上，每名先派一吏看守，宴畢送去，取揭回繳。人各稱便。

10 憲副張公國輔，在浙與余同寮，嗣被考察，以原官調守寶慶。余參藩荆南，念其失意，差人遺書往慰，侑以四金。渠具揭致謝，仍行屬禮，金封還之。

11 太宰蔡公國珍，當秉銓時，託舊屬祠部萬君致意於余，令到部即補。余不赴京，虚其厚意，迨余補粵東，公已家居矣。後以入覲過江右，懷念前情，差人往候，以十金致之。公曰：「空負相知，何當相贈？然此非世情所有也。」遂受而不報。

12 山東左伯劉公尚志，以萊州道轉左轄，攜有門役鄧茂賞至司，隨納司吏。亡何，計典掛議，有茂賞名。公去任，茂賞急欲告回。余謂逐去茂賞，察疏似實，於公體面不雅，姑留之半年。鄧又以路遠求去，遂改撥該府參缺，以便供役，始終不虛劉公之意。迨余歸田，不遠二千里，追送濟上而還。

二十三 敦誼

1 辛巳冬初，余念先大夫，圖一歸省，每日求王公槐里讓差不得。方斗華謂余曰：「槐里殊不然兄，兄（母）〔毋〕再往也。」余猶數數造門，王終不讓。甫行，而先大夫訃至。余南奔，方以家眷船爲託，因與同行。船或先後，輒使人相邀御尾，又數令女奴往候，且授滄焉。後方遺余書，謂「前日王差，弟因内親，託以帶歸家眷，故勸勿許兄。不意王受賈人金，竟背盟前往。幸附兄舟得歸，且承慰勞數四，殊出望外。人之度量相越如此」。後王公之子在公，授高苑令，尋陞濟南同知，皆余在藩司力爲培植云。

2 同邑貢士張公維翰，爲人有氣格，善評文，與余相善。一日訃聞京師，余設位哭而奠之，隨具文，以四十金爲賻致其家。比還里中，更具奠，賻以六金。及至葬，又具奠，置酒舟中，邀請縉紳臨其穴。公先是以田質銀於余，後其子又轉售晉姓，所負價值花利約五十餘金，歲久不償，欲余告理，令晉出銀作貼。余以故人之子，何忍興訟，遂還其券。每在任回，必有俸遺，及歸田，尚以粟助。

3 客部同寮文公在中，一日進司，以新刻見惠。别後，見其文體新奇，批評怪誕。時大宗伯方有正文體一疏，恐覽者譁然，因令門者伺其過而延入之。文曰：「已别矣，有何言？豈非拙稿爲不足觀耶？」余曰：「佳刻一出，長安紙貴。正爲求觀者多，恐清曹俸薪不能供耳。少俟功成名遂，盡出名山之藏付梓，何如？」力勸，不悟，竟以送人。未幾，爲曲給諫參論，辭部，始信余言有因，悔不即止。及見朝房後，徑出順承門，跨一驢而去，不知所之。遺下二幼子在寓，失父驚啼，其皂役來告。余醵同寮，共得四十金，往拜渠叔文中舍致之，令差人送至原籍。一年後，文始抵家。後長子翔鳳、次子翔鸞，一第一科，然與父俱未知送回之故。

4 客部郎林公鳴盛，以愛妾病重，令火房吏代進安南貨物，私竊金花瓶底釁。中使索之急，林自賠銀得免。事已昭著，長安僉云林實取之，非也。余典楚試歸，適有家僮云，守門二役隔垣而寢，中夜歎恨火房而惜林公，備言其故。余心識之。次年，林以憂去。至秋，余有事謁宗伯沈公，臨别，屏人詢余前事。余矢天爲言，公曰：「冤矣。」又問儀部陞任張公之屏諂媚江陵張相事，余謂入京初亦聞之，此作州時所爲，與本衙門無與，又似在赦前。公笑而頷之。後晤功司白公所知，原係舊寮，再三申囑。至内察，二公俱免。第二公事，皆見任儀郎張公志所開，嗔余解捄，亦聽之耳。

5 里中任子李某，爲太僕丞，生九子，卒於京師，無一人經紀喪事。余往視之，隨與其從者索遺筆，檢行笥封識訖。冒雨四馳爲市杪板，出入古祠商肆中，得一良材。乃從其寮長徐冏卿索俸與賻酬其直，而冏卿，余同年友也，如所請，賻且有加焉。余躬督匠事，視殮含，爲文祭之。首賻以金，徧告於同郡者，共得若干。又移書同年楊駕部、葉給諫，多給夫馬以需。其子至，授之，仍請於舊邑侯劉直指，遣役護其喪而還。

6 同邑鄉同年周公道行，丙戌下第，欲余薦館不得，自願留京，以教長男。義不能辭，勉延之在邸。不一月，即返，移過三十金，期抵家送還。後竟不言，余亦不問。

7 同年閔公一范令巴陵，卒，余不遠五百里往哭之。以貧不能葬，爲醵諸同年金五十九兩，自出三金，託同年董公道醇，收貯當鋪生息，三年可得百金，以賻其喪。董竟以原儀致其諸子，至費盡。余校士吴興，督過其子，語次泫然，見者感動，隨以五金遺其夫人。

8 同年周公道行，掌教山陰。初詣余私衙，留飯。後出巡至彼，謁廟，師生例於道左跪迎，余先傳免，併免五日一揖。按院黄公鍾，行道考校應聘廣文，時多有能文者，取周第一。後有廣東聘至，按院欲以第二名應之，走柬於余。余爲力争，始以周應。越一年，陞新會令。余已轉楚，適門生張嘉言新選廣州司理，來謁，余再三囑之。又寫書二通，寄與彼中司道，内有同年龔、陳二公，各遺四金，以祈照拂，不令周丈知也。後同考滿，已得恩典，司理馳復，以見不負所託云。余過家，晤其子，問彼中上官何似。渠述父書，極言張司理用情之厚，想亦夙緣。余笑不言，因問，稍言一二，周丈終付之弗聞。後會龔、陳二公，語及前事，皆曰：「從來求書者出儀，不謂出於年丈，以致未答。」

9 南計部郎同年陳公榛，有長子某，失愛於繼母，獨與祖母另居。公卒，不分一錢，無以供祖母甘旨。余聞而憐之，因醵兩榜同年之在京者，得九十七金，自捐三金以足百數，遺書句曲令趙公，爲置負郭田五十畝，印給長子爲俯仰資，其長子未之知也。余將赴浙，遺一介往報，而次子又亟過争之。余責以大義，始心折去，長子得守爲業。及以童生應試，又囑支少京兆優取，遂入泮。後過山左，復贈以五金。

10 山東憲長徐公夢麟，有才而忮。余造鹽院賢否已完，約渠同送，漫言太早，且少需之。尋又訂約，仍云尚早，期以信宿。余如期送入京師，渠册已先到三日矣。鹽院以余册遲緩，不收。余知被賺，絶不出口。嗣有臬吏在藩司酗酒喧嘩，余差人致意，聽其自較，竟不作答。越三日晤，語及之，云尚監候，余勸之寬釋，渠曰：「此吏有詞連及藩吏，難釋也。」余請批府正法，決不庇一役以忤同寮，渠默而止。後屯馬史公行部，有意督過之，密聞按院。按院亦有不然之語。余爲力解於撫院，獲免白簡。隨自請告，兩院行余查報。余備極贊辭轉詳，遂得予告。

11 戊子，余在儀曹，有同邑顧天敘、顧茂宏、王臨亨，各以五月終令人入京納監。余託計部胡公亟收例銀，余令取同鄉保結，隨給實咨付之，力囑其人遄歸，無誤科試。是科，三人俱中鄉舉。

12 同年侍御汪亨泉卒於京，余往弔。時方六月，急欲得板，有王相國遺人代置之，而板不堪用，人不敢言。余欲易之，其弟恐得過於相國，止余。余不聽，隨乘馬爲覓於他所。板客因願易好板，且少減價值，以完殯殮。歸而其子具禮來謝，並卻之。

13 同里比部朱公世節卒，無子。余弔之，聞諸且舉襄，搢紳並無公奠。余曰：「士夫而不恤同袍，俗其衰矣。」時天寒甚，當晚即爲治奠儀，走柬以聞諸公，但求光送，不出分金。坐至四更，一聞發引，亟登舟治酒以俟。又遣僕分投邀致，僅有六人。追送數里而還。

14 同邑生員顧某，負欠田價六十二金，余已不索。後丁母憂，余往弔之，匿不出見。余以表親，仍爲行禮，乃出叩謝，云：「負恩無面，反蒙弔及先慈，令人愧死。」顧尋不禄，遺有一女，里中並稱工容。余斷絃不續，將納一妾，其母謂人曰：「余家負有多金，願奉箕帚，不受一錢也。」余矍然謝卻之。

15 枝江沈學博，吴産也，平生未面。余按部，事竣將行，適其僕來報病故，衙無一丁一錢，難治後事。余心惻然，遂止不發，亟命謝令先爲代置杪板，徧邑中無所得。隨令一尉往楊溪口，取板三副送縣。余命工人各呈木色，選佳者用之。迨啓行，留謝令經紀其喪，尉董匠事，毋送。余尋遺書於令，令撥邏卒數人護之。未幾，失火，卒移柩出，幸得無燼。所負木值，余先量助，仍行縣處給。其預支俸銀三十餘兩，屬同年涂荆州處免追復，爲請給傳符夫價，送之歸里。

16 余謁治臺，還至麗陽，已就寢矣，適聞同寮劉公大武以丁憂將至。余欲起而讓之，左右稟以驛中例讓先到，力請住。余曰：「劉去爲客，我爲主，況劉有家眷，何可不讓？」因問民房借寓，驛丞對曰：「無之。」遂封三金備弔，汲汲前行，不三里遇之。下輿相拜，立談良久，感冒風寒，尋即發熱昏痃。勉至荆門，僵卧數日，醫藥不便。力疾還澧，二月方愈。後過麗陽，見民房甚多，恨丞不借，以至病久，將欲責懲，又以籍係江都，爲同鄉，宥免。

17 粵東憲副任公可容，素强無恙。余適請告，又次男患病在衙，浹旬不出。有來報公病者，余知其子幼，且無親識相從，亟往視之。見公形神已亂，勸之就寢，隨令兩縣覓板。忽余男病甚，暫歸。歸而復往，公已不能言矣。余大聲疾呼，手拊其膺，俾得遺言一二。其家人謂係時疾，請余避之，余不顧。一應事體，俱爲經紀，但苦無銀。因詢庫官，知公署司，有羨銀二百兩見在，乃以一半治其喪事，一半留與迺郎，扶柩而歸。

18 同邑馬公玉麟，叅藩滇南，被察而歸。余遣人迎之常德，撥座船人夫伺候。比至彼中，馬與同年陳、李二公借船，俱辭，盛怒而別。余差人送書，及以四金爲程。見有夫船，大喜。至岳登舟，差人護送到家，四月方反。

19 余轄山東，延王生大有爲塾師。適患寒疾，二醫誤認火症，且勸令送還家鄉。余念途中調理不便，因留邸中，醫藥禱祀，日夕縈心，多人相守，傳報緩急。延致二旬，勢益危險。偶得浙江俞生天福脉之，知爲陰症傷寒，用大劑人參柴胡發汗始解，仍以參芪調理三十劑而愈。以十金謝俞生，餘費不貲。送王還里。以後每遇余壽日，父子必爲拜祝。

20 俞生別後，癸丑忽過寧陽，留住二月。亦患下痢，日見阽危，自請出外。余固留之，多方調理，慰問晨夕，一如待王生者然。且先爲治其後事，所費頗多。日久方痊。

比送之歸，因渠語及前事，總以廿金遺之。二君先後得生，私心實喜，不惜費也。

21 同郡顧某，以貢士判高州，署印吴川，被訪。按院行臬司提問，單開贓私有七百餘金。余適有陪巡之説，託署印學道朱公鞫審，謂此係公祖舊民，望寬恤其罪，以終遺愛。公審訖，減去過半，以數報余，余曰：「此尚在發遣之例也，更乞垂慈，俾免於遣。」公又減之，止於二百兩有奇。余謂顧倅早宜完結，以便放歸。濡忍不納，會已決八囚各有親屬赴省訐告，且群毆其子，詐去多金，而余又以應朝出境。先後保全之意，尚爲惓惓。

22 同郡韓公光曙，補官南還，行次茌平病故，家人來報。余亟遣二役經紀其喪，行縣借帑金置買杪板，與東昌道借官舫盛回。其家人必欲從陸，因令一役送至其家。板價三十六兩，有同鄉同年見余代還，各行捐助，余實出銀一十三兩，共足前數，發補縣庫。後其子以湖紗二端來謝，隨即(壁)〔璧〕完。

23 司成周公如砥之子士皋，以暫咨入監，行查未回。己酉秋七月廿四日，從京中送揭，乞余具文。時其家尚未起文，恐到縣不及，特寓書萊守閻公，令即詳學道。又先於學道講過，文到，許即傳鼓投入。至八月朔日，余赴都司公宴，分付該房守候，學道文到報知。及報至，隨託中軍王遊戎，備二騎以給其家人，具文速發，嚴囑初五日到部。如期，果至，次日入册，進場，遂得聯捷。家中初聞捷報，猶未信，即士皋父子，亦非望所及也。

24 同邑貢士張公，選瓊州訓導，以路遠，力不能赴。余聞之，即送傳符之任。又遺書彼中上司照拂，得署縣印。歷任三年，頗有宦資。

25 同邑顧太易左遷沂州判官，訃至。以十二金，遣人賻其家。

26 同社龔生卒於粵西，道遠難歸。余偶聞其信，即遺書彼中守道陳帶川，令給傳出境。其粵東一路，自以傳符給之。柩遂得還。

27 歷下有鄉官穆桂巖，以吏部爲民，家居清苦，從不干謁。余聞之，贈以十二金。以後每遇歲終，送四金爲贈。比歿，爲文祭之，賻以八金。

28 臨邑邢公侗，與余同年恩貢，會於京師，心相會合。後邢以御史按吴，至崑。崑東關外有新洋江口，爲一邑水口，堪輿家向議建塔鎮之，未有舉者。余與公言，遂議處七百五十金經始。已而落成，邑中文風遂盛，余德之。迨任山東，歲以十金爲餉。比卒，兩次捐貲厚奠。方欲梓其遺文，會余解任，乃曲處百金，以畀其子。越二年，其子以乃弟童生試事，走人過崑，屬以介紹。余念此事昔年已心許之，不敢負也，因以掛劍之事遺書督學吴公。公即取入學，獲踐前盟。

29 余少時同窗諸友，宦遊多不相會。每回家，訪有存者，拜而款之，各有所贈。間有貧乏，量助不等。

30 陳夫人襄事，無資。余以住房轉典與沈生，馮生少江作中，日期已迫，不予價銀。屢及其門，徑避不出，一時窘甚。幸學師計厚菴代處前價，事始克襄。後馮作教還家，宦囊爲諸子蕩盡，乞貸於余。余念同庠，助以二金。既而復貸，又量助之。

31 凡同年之子，赴任所相見者，各送五金以資其行。同社春元顧公允諧，向助劉容占祖塋地，余不失舊驩。以會試無資，遺書借色物十五兩，質銀進京，後竟不償。及至宦成，亦不與索。

32 有生員趙士鏞者，少時曾以文字往來，後病癱不能行履。余自任所回家，必躬造其家，問起居狀，良久方出。往往以銀米遺之，歿後，亦爲捐助。

33 同舍林公鳴盛之四子仁傑，週歲失母，公欲棄之。余力止，歸與劉夫人商議，復公。遂欣然欲爲寄名，時令乳媪抱持過寓，撫之歲餘。後林以憂去，其子長而入庠，通問至再。迨余撫齊投劾，移鎮濟上，仁傑不遠數千里來視余，留邸四月，次年同歸。每念劉夫人，泣下，既奠且薦，禮意殊真。比還閩，余量往來路費送之，仍以四十金及幣物爲贈。

34 同年劉公汝立，爲御史，早卒，家事中落。余任山東，其子來謁，欲爲子收取童生。

余囑州守優簡送道，不録。次年，復來干請。余力爲州守言之，遂取首名進學。隨丁母憂，又求助喪，以八金賻之。

35 同年李公上馨，初令崇德，未幾即故。一子游庠，家事清淡，欲得幫糧以便處館。余守嶺南，會督學朱公與南海王令姻親，因託居間，優取獲補。

36 同年黄公某，以海寧令休致日久。見余在粤，亦以廼孫爲託。時督學袁公報陞，余與之言，遂獲進學。

37 邑父母王公用章，大有惠政。余爲諸生，先以直言見忤，尋以文字相知。粤東聞公訃，具文遣人以八金致奠其家，又倡邑人肖像而尸祝之。迨轉山左，聞其子貧，延而致之，先後贈銀二十四兩。後其子過崑，又贈銀八兩。

38 余爲諸生時，受知於巡撫張公鹵。公先爲給諫，數有忠言讜論及對仗彈文，後被忌者阻抑，未究其用。及卒，郡邑屢舉鄉賢，尚未入祀。余聞而念之，因遺書督學門生董君光宏，遂列俎豆。

39 相國李公廷機數被人言，請告未允，避居古廟，縉紳皆不往拜。余與公有舊，雅自通顯後，遂不往來。入覲事畢，欲往拜之，左右皆爲力阻，余徑造謁。公延入，坐談移時，皆世外語也，聞者嗟異。

40 相國沈公鯉，與首揆沈公一貫有郄，一貫令私人錢夢皋（劾）〔劾〕之。公請告不得，心正憂疑，而錢又係壁鄰人，皆引避不敢通謁。余念公爲舊堂翁，在司極承知愛，毅然欲往。左右阻之至再，徑造其門，錢役隨來窺視，余不顧而入。公一見，即問余去就，余勸之去，併述毛文簡公辭疏以諷公。公曰：「向來不聞此言。」良久而出，人皆目攝之。

41 同寮劉公尚志有一婢，畏主母刑責，逃避余衙地園中，伏於草内。劉密詢余，余令人尋之，不獲，再三偏搜，始得之。婢寧死不敢歸，因密報劉，令及於寬政，隨以好言慰婢。至晚，令踰墻而返。主母果寬之，得不死。

42 同邑監生王公制，選授臨漳主簿。余寓書邑令徐公、撫院沈公，各許入薦。非命而死，柩過濟上，差人往弔，賻以三金，送之出境。

43 吾邑原任縣丞李某，鄖人也，清操不染，劣轉王官。余聞而惜之。偶至鄖，公已故矣，家貧無子，尚未葬。召其弟，賻之以金。

44 顧某，太倉人，以貢授順德縣丞。余知係直諫顧公之子，器宇恂恂，委署縣印。已而大察罷職，力難出境。余給以夫船，送出南雄。越二年矣，後余求姻吳縣王氏，王以道遠不允。顧聞之，力勸其甥曰：「余向受恩於李公，無以爲報，乞以此報之。」遂受余聘。

45 同寮陸公夢履，備兵清源。偶聞中痰，又無子弟在邸。余憂之甚，密遣家奴前往，持牛黄丸二顆，併致擇醫一束，兼囑其從者善爲調護。公反訝而諱之，全不加意。後余覲回，公卒，其子索書往迎父喪。余謂此司道府事也，因各致一書，令其於例外從厚。後司以八十金、道四十金、府三十金、州二十金，賻之以歸。

46 同邑管大武，以貢入京。時余爲禮部，款之，問欲早還否，渠謂盤纏鮮少。余曰：「此易處也。」隨託同年蕭丈取卷在前，約以試畢謄破轉達。及期，不至，令家人冒雨索之，睡而强起，得一破送去。遂獲進呈，尋授順天府學訓導。來貸往京盤纏，許以俸銀送還，余勉處應之。歷任七年，竟無分毫見及，余亦置之不言。

47 同邑王孝廉令高苑，故稱難治，錢糧不完。兩度擬調善地，不果。後以失薦，借賑荒事開送撫公，因獲入劾。竟爲樂安令所忌，進讒直指。直指併余見嗔，余託人以解。嗣獲考滿，遷濟南郡丞。凡可扶植，心力殫盡。王一再送禮，俱不之受。迨余家居，以四十金爲餽，所親勸余收之。余謂各屬俱辭，豈可獨受？竟卻去。

48 余分守荆南，時有鄉同年蔣立敬，守歸州，與地方不甚相安，通詳請告，徑離州城，既而悔之。余知其情，且憐其自廢，因據申本道一揭有母病歸省等語，遂爲致意兵、巡。本府轉申兩院，遂得批留，而蔣已行矣。是年大計，幸免擅離之罪，調守賓州。往任三年，歸有宦橐，以禮見謝，余堅卻之。舉家感激，至余次子應試，渠子遠來相謁，謝不容口。

49 禮部主事何起升，奉命來山東選駙馬子弟。額取十七人，數已定矣，有青州府生員楊某，率其子赴司懇求。見其文雅，勸何續取，令自備路資到京。何不得已，收之。後於諸王館選入，欽選不中，賜以廩生回籍。

二十四　釋怨

1 有鄰人盧昆，父子濟惡。其居三面與余宅接壤，欲兼并之。天將雨，輒使人鋤去墻基，以待墻壞。見余家修築，必攜老婦及孕婦以争界址，如此者三，每次輒占去二三尺。意猶未已，乘島夷入寇，先妣王夫人入城，將地中所藏囊篋與家私柴米俱盜去，而以一炬焚燒敝廬。先大夫欲鳴之官，不果。時余方髫齔，常謂余曰：「此滅門讎也，如何得洩？」余心識之，日夜發憤，幸游邑庠。而此人有祖墳在余宅西，踞余祖塋白虎之上，有大樹四株，既高且茂，術者僉言欺壓余家。一日，震雷盡毁其樹，根株剥落，僅存荒塚，余塋中松柏鬱然蒼翠。余遂承恩選，以至掄魁，而此人家日蕭條，每慮余之報復。余以天既報之，不與較。迨先大夫舉襄時，渠父子以余祖塋東官道，先被侵入田中，不便行走，欲代幫木筏，余辭之。及葬，父子衣麻衣來奠，且拜且哭，謂「大人陰德，致有賢後」，叩首再三。未幾，父子俱歿，二孫以田宅求售，余並謝卻。歲久無售主，多浼親朋固請，堅辭弗獲，乃如其所定價值，一併交銀，不折銀色。置酒款坐，滿志而歸，兄弟俱涕泣以謝，謂「如此厚德，我父祖當含愧地下耳」。先是，渠宅在余祖塋之南，術者云：「丁水朝堂，因被遮蔽，故大人不中第一。今須拆去。」余以買宅非志，何必拆之？仍爲留下，而余子仍以庚子發解，乃知地理之説，未足盡憑也。

[2]大西門外祖塋之地，先年被族人盜賣於劉姓者。其子老而乏嗣，求售於人。余以價贖之，正欲拆房出地，會赴浙任，未果。已而，其族有異姓螟蛉子劉榮，出而攘之，送銀十兩與顧春元允諧，認爲家奴，乘余家拆房，聚衆毆打，一時隱忍中止。余還自浙，先達之顧，不爲理，始訐於兵道汪公。行縣勘明，擬徒解憲。時汪公法嚴，分付家人勿執，以寬其責。前地斷歸余家。後念顧係同社，仍與游好，且通有無，終身不失舊歡。後榮死，家貧，其子流落。清明上塚，見有一人身穿夏衣，余憫其寒而問之，即榮子也。命家人給銀五錢，令置一冬衣。衆皆嘖嘖稱嘆。

[3]戊戌，余以聽補至京師，聞同年項丈應祥欲論巡撫郭惟賢。余謂郭以私怨參我，今入京而同年參之，我雖不知，彼必以我爲修怨矣。昏暮叩門，力勸項丈，項丈云：「公論宜爾，何年兄苦苦止之。」余曰：「弟既與聞，不敢不求且止。」疏遂寢。

4 余甲寅家居，有河南人李繼芳來候。數日未見，令人問之，知爲其弟李若星中害，乃備列其居鄉貪橫滅倫之狀，凡二百餘款，刻揭送觀，以冀余之藉手洩恨者也。余雖無端被巇，業已付之公論，即辨揭且已不送，安復爲此？固辭不見。其人飲泣而歸。

5 里中豪宦許從龍公占余田，原主顧沾榮又負原價。余以恩選，徑不與追。時許之子汝愚謂余曰：「家父此舉誠過，待弟管家，仍以此田歸丈。」余曰：「弟在學時尚不追取，今幸出學，何必又要此田？第爲宅上世業可矣。」後余在仕途，其孫椿齡終慮余之未忘也，託所善張公棟先容，饋余榼禮數種。余止收其一，餘俱付完。後見余相地彼區，假云以田見售，余令姻家沈公前往，橫被詈言。邑中親友僉謂，此番必不見寬矣。余竟寬之，不校。

6 余宅後有官漊一條，向俱從此出水。左鄰張公德程，並處二十二年，曾無間言。後其子求婚於中丞顧公沖吾，疑而未許。顧特遣人至東省問余，余應之曰：「可。」遂許之。迨成婚後，挾親家之勢，先加於余，將前漊填基，不容出水，反以余地爲壑，灌水淹死花木。後又造房，恐余家爭執，聚集多人及病婦，將與爲難。余男適在家，戒家人勿校。一夜竪起群房，余家再植花木，復被灌水渰死。因託支、魏、顧三公與言，但云，待余歸時自與水路。迨至余歸，徑不言及。余謂如此横行，終必有報，遂隱忍之。未幾而張與周氏爲讎，其禍未知所終。

7 粟監潘某以貲雄於鄉，縱豪奴毆義媳。先大夫偶以鄰比往視，亦被詈。余時欲直之於官，而兩搢紳力扞之，余日有枕戈志。既登第，旋持先大夫喪，擬於禫除後明報前怨。堂兄某復與渠奴鬨，詞連及余，余往訴邑父母。粟監使人以千金賄余求解，余叱去。邑父母斷令盛設祭儀，躬拜於先大夫靈前謝過，又杖其僕九人、配一人，且罰百金助東關浮屠，以成先大夫志。余尚未許，而前兩搢紳居間甚力，邑父母亦力勸余，遂作文以告之先靈，少洩幽憤焉。

二十五 恤災

1 江南四郡以水災，欠猪羊銀八千兩有奇。撫按疏請蠲免，該余議覆。光禄寺卿魏公、謝公、王公造余請徵，又託同年董膳部來勸，余曰：「部覆例依撫按，爲其目擊時艱耳，况余吴人也，豈有撫院議免、鄉人議徵者乎？」董曰：「三公以錢糧缺乏，須此接濟，勢不容已。」余曰：「光禄錢糧，主上每取輒應，即徵完八千金，何得不乏？」董曰：「三公俱名卿，不宜相忤。」余曰：「掊尅災民，逢迎當路，我不爲也。」竟爲覆免。

2 太常寺卿李公，以江北拖欠猪羊銀兩，請余題入按院考成，以速徵解。余謂江北地瘠民貧，薦罹災沴，果爾，有司必嚴併疲民，損傷者衆，不如且入本部考成爲便。李公乃請於同年于少宗伯，業亦許之。余持不可，竟以前議具題，二公不悦。第於疲民，稍稍獲寬云。

3 淮、揚二府積欠藥材。吏目陳秉仁，蘇人也，介徐直指昆季乞差於大宗伯沈公。公問余，余曰：「二府薦災，宜有積欠。若差官坐催，不完，難以報命；欲完，恐於災民不堪。姑且移文嚴督之，俟今冬應朝，當有分數來報，再作議處。」陳不得差，與直指俱啣余。是年冬，二府官入覲，十完八九。乃知差官無用，徒滋地方之擾耳。

4 乙亥，江南大水。時同年新入臺省者一十四人，余各往謁説，令上疏，未有應者。隨懇前邑侯劉公，公有難色，余曰：「父母入臺，須有關係一疏，事孰有大於江南水災者？」公以申老師當國，恐涉乎私，余曰：「杭嘉湖亦是吴地，今亦被災，即並疏爲妥。」公尚猶豫，余以公未有子，此疏一上，定生賢郎，再三强之。乃曰：「必年兄屬草，弟當僉名。」余固辭，公曰：「年兄既爲桑梓，何不直任？」因許之。一夕不寢，代完疏草，詰旦授公，公隨上。余又約諸同鄉往謁政府、司徒，力懇之。覆奉明旨，從改折議，每石五錢，江南七郡所省無算。邑中因尸祝公，不知所自也。

5 山東歲多旱荒，時常議賑，有司倉廩皆虚，臨時每苦無策。余辛亥回任，見災民無食，欲捐一年俸薪賑之，撫臺力止，遂寄收司帑。迨轉中丞，適秋成大稔，穀價每石一錢六分。因查在司所存贖鍰一千二百兩，再捐俸薪，併節省公費，合前銀共二千四百兩，行司發歷城縣收穀，總貯九厫，以備災荒平糴。直指聞而稱之，亦捐贖二千兩，助成義舉。

6 吾邑石浦高鄉，以支河不開，年常若旱。余田不多，殊念此一方民。偶兵道李公相會，談及彼中水利，遂以開通支河爲請。公欣然從之，檄縣急處錢糧濬河。縣父母劉公隨處米二百石，令塘長葛信等領去興工。葛竟不領，河亦未開。余見天旱，日發工食米二十石，開一線水以通潮水。人皆爭先，余田既熟，所救活者甚多。他如八保千墩之田，亦必自先開通，以便各户，不惜小費也。

7 岳州城陵磯，此大鎮也，往屬景府，歲徵間架銀一千二百兩有奇。已，爲潞府請去，索取前銀。余聞此鎮被水衝激，難足舊額。適潞府有差官至縣，余令王令親自丈勘，分作三等，派銀七百兩零，減去五百。又令王善款差官，議定以每歲十月，縣中徵完，差官解府收用，不必遣人。頗省諸費，地方便之。

8 山東自倭事一起，增餉數多，除前院減過外，尚有十二萬以上。余在藩司，搜剔登萊二府，原有民屯銀協助兵餉，向被有司隱匿，及查各處兵餉已減，猶仍派餉等弊，一一清出。每歲減編銀四萬有奇。其有閏月年分，亦以司中緩解銀兩給補餉銀，並不加派。自丁未至於丙辰，計減有四十萬金，後皆爲例。

二十六　馭寇

1 黔中土司安疆臣，方襲頭目，横甚，陰與楊酋相結，適兩院又相水火。余入省涖任，安酋例該遠迎，不至，止差目把禀稱，本官患病，不能號令頭目率領叩見，姑俟病痊叩謁。余且領之。已，又具禀如前，余命目把曰：「祖制應見即見，不必多言。」本酋遂帶領頭目四十餘人、兵三千人，住劄城外，令目把禀請，應否帶兵入城、頭目應否帶刀，余命一照舊規。及進司門，目把先將腳色呈禀，以兵部題給金帶四品，要與知府同班。余亦只照舊規，仍與衛官同見訖，衆頭目帶刀叩前，禀訴定番州、新貴縣地方皆屬本酋，今改土爲流，日見削弱等語。余厲聲曰：「二地方改入爲流，皆你老土官歸化奏請、下部覆、奉欽依，遵依已久，何得復言！今土官年幼，正宜以承父志爲孝、尊君命爲忠，方可永保爵土。不當藉口削弱，自取別議！」衆領命趨出，三日回司，以後不敢再禀。

2 安酋一日發兵三千，往襲土官伍文政，謬使目把來告文政買其父田八百畝，八年子粒未收，今差人往取被殺情由。余曰：「汝家富甚，老土官必不賣田。即使果賣，何連年不取子粒，直待今年？且文政勢弱，豈敢殺汝家差人？皆理所必無者。聞昨已動兵，始來具告，明是遮飾。傳與本官，先掣兵回，方准汝狀。」目把佯推不知，余令徐指揮同目把責取掣兵公文。安酋只得具文回報，云差頭目某往查去訖。次早，直指楊公又批呈詞到司，要查何人作中、用價若干等語。余入謁，告公曰：「安酋擅動兵戈，藉口强解。本司已不准其狀，勒限掣兵矣。」公爲悚然，令余寢之。越宿，兵已報掣，地方幸免殺傷。余將前詞繳院，公稱謝。

3 黔中戴站郵傳，向係安酋應付。自文結司馬石公，獲准削弱之疏，咨行查議，意欲翻更成案，取還新貴、定番地方，徑不應付，使客、公差往來久阻。又私差人挾刃脅收民租，代爲上納，赴司掛號。余不許，隨喚安酋分付，若果如此，真是抗王章、玩國法，一經參奏，罪何可逃，速宜省改。未幾，各郵仍行應付，縣民常賦仍聽自輸。

4 安酋有庶叔安國貞，以夷俗例，列入衆頭目中輪直。所費既多，且被困辱，具呈到司，欲投入爲民當差。余謂安酋强横，必不相容，一日提兵抄捉，彼既有名，我又難庇，力卻之去。詰旦，直指楊公批呈到司，余入謁，公問事當若何，余曰：「此馮亭嫁禍之説也。水西之兵强甚，一受國貞，酋來索取，不救則失體，欲救則無兵。不如不收爲便。」楊大然之，事遂不行。後國貞投入四川，崔公應麒收之。安酋遣大兵追捕，殺死地方六萬餘人。崔公被參，降調三級，國貞逃回黔省，白日城中被刺身死。倘余乏先見，此禍先中於黔矣。黔之獲免大害，余之力也，至今人不及知。

5 土舍王華通苗劫路，兩院令巡道郭公剿之。安酋舉兵救華，我兵恇怯不進，郭遣余書。余喚安酋目把，諭以本官不宜助賊，若逆我頑行，即行參論。責令速掣回報。我兵尋即奏捷，俘斬七十餘名，一方遂戢。

6 香山澳中，向爲大西洋人盤踞。一日，有紅毛國船四隻近澳住泊，余署巡海道務，嶴夷來求發兵。余謂嶴夷久當驅逐，今紅毛夷來此，不過欲與嶴夷争市。以夷攻夷，此中國之利也，竟不應之。乃孟總戎請於制府戴公，行道調三千兵往剿。余即揭辭制府云：「紅毛未見内犯，而爲澳夷發兵，是保腹心之寇。況夷船重大，距岸二十餘里，勢不能來。若發兵迎敵，未見其利。如宿兵境上，騷擾地方。兵不須調。」戴公猶豫，復以書問余，余以身保之，必無他患。不半月而夷船徑離廣海，一如余言。

7 紅毛既去，次年復來，船多二隻。孟總戎謁而言曰：「本人髮如腥染，身長八九尺，望之人有怖心。今又挾讎而來，必不肯休。須得調兵拒守。」余笑曰：「大將軍亦爲是言耶？彼所挾讎，乃嶼夷吊死汲水二十七人之故，非與我百姓爲讎也。如得此夷攻去嶼夷，當爲地方稱慶，何以兵爲！」總戎竟又得請於制府戴公，公移檄過道，余對如前，力辭三千兵之調。未幾，紅毛徑之閩中，徐撫院發兵拒之，敘録有功，文武官員皆得陞賞。乃知粵東兩次俱不發兵，雖無敘録，而所省錢糧、得全人命多矣。

二十七　特知

1 萬曆庚午，余以恩選肄業南雍。適考科舉，余卷爲少司成范老師應期賞識，擬定監元。又以南雍之首向不利中，與大司成萬公浩所取卷相遜良久，移在第二。及見初場七篇，益加稱賞，每對相知，必謂魁元之選。迨至揭曉，差官往看，知余落格，櫛沐俱廢，不進朝飡。是日主司謁廟，不欲赴席，後勉相陪。主司見老師不豫，問得意門生俱收録否，老師因道及余，主司曰：「此必本房不識耳。豈有能入道眼，而乃見遺於吾二人者乎？」薄暮，差官請余相會。余甫入門，即迓於門内，攜手而入，一揖就位，垂首歎息者久之。隨設盛筵，延余上坐，余再三辭謝，方許侍側，老師亦斜僉坐次。接席細談，慰藉周至，且勸余姑完監事、起送入歷爲便。余以親老力請省覲，而監例，必俟禮部發回方可告假，計須半月，余不能待。乃勸余暫往名山寄適，自與禮部討取手本文引以俟。余別而出，詰旦，往牛首、獻花、祖堂諸山登覽，二日而歸，見差官已送引到寓矣。越宿進謝，繾綣留連，難以言別，不得已，又遲二日方行。行時，屬望更切，預訂會期。適回家後有錦衣徐公相延，遂辭雲間厚聘而往就之，思得繼見。每半月一謁，評騭文藝。

至冬，老師起送撥歷，先託南銓文選張公明正，令坐後府一闕，以便遄歸。張許而復違，鬮撥廣西道歷事。老師以臺中不便告假，且掌院謝公登之又難與言，因託吏垣張公煥及謝公之甥轉致。比余告假，僅准六日，老師懊惱殊甚，余心益不自安，乃以迫歲徑歸。歸未久，而老師已轉北雍矣，候至毗陵，相晤甚驩。

松陵一別，杳無聞問，迨癸酉秋來主應天鄉試，幸叨中式。赴京謁見，意甚不懌，謂初填榜時，以十六名爲始，前半見無余名，計必在魁元之列，後忽有名，殊非平日相期之意，不知落在何房：「若易經，總裁分屬何震老，我不及見，可借佳卷一觀。」及見余卷，問何爲又改手筆，余對以「前復班到監，大司成陶公大臨謂，門生文字必我衙門人方識，京闈多用教職，只宜多看時文。故體裁少變，而本房正教職也」。老師笑曰：「此實有數。但名雖在後，視上科落格、相對欷歔，光景已大相懸，是可喜耳。願會場勉之。」及至甲戌下第，老師適從會場出簾，謁於京邸，慚負厚望。老師反加慰藉，且留初場文稿，候檢出硃卷相對，見不相同，知爲場中變幻，寓書勗余。余益自奮勵，然丁丑復又落格，至庚辰始獲，少副老師之望。而浮沉仕路，已踰三紀，竟無尺寸樹立爲門墻光，即老師横罹慘禍，亦不能少效古人之義以復讎報德。士爲知己者死，余實媿之矣。

2 儀封張公鹵，以操江掌院，查歷事監生有不到者，行文催取。余因前往，適遇考勤，有廣西道御史田公成法，知余回籍，不容送考。會原任吾邑學師計公坤亨同臺，勸田開送，田復不允，乃與之盟曰：「若送考而不取首，我當置酒伏輸。」田始送考。考之日，張公堂諭諸生，云：「考勤是祖宗故典，向俱虛應。吾今認真考試，諸生可認真作文。雖一篇文字，亦見平生所養；雖一日相知，亦是終身遘遇。」乃以「雍之言然」一句併判語一條命題。站立移時，完卷呈上，共一百二十餘人。公覽余卷，大喜，喚入後堂，相見何晚。余對以患病在寓，公笑曰：「此必回籍。今得汝卷，前事一筆都勾矣！可先至操院前候。」余隨過彼，有有司候見三員。公至，悉免，獨召余進入後堂，令勿參謁，揖而命坐，連聲謂曰：「如見田子！」蓋公爲給諫，以戊辰入場，取田公一雋中作會元，故以相期耳。因留余與二子肄業，余以親老且見處邑館爲辭。公不忍舍，出二十題，令作文送覽。每奏一篇，必加稱善。見余辭之堅決，乃曰：「貴邑隸屬，當與賢友倒一循環。」每次出四十題，文完送縣，入遞傳來，即加批點。又出四十題入遞，作文傳送。不過一年，大題已盡，立見高捷。按季以六金爲膏火費。」復留數日方回。回未久，而公轉巡撫浙江，中途丁艱以去，余不知之也。

明年癸酉，叨中鄉試。甲戌下第回家，公以書幣託余同年顧丈夢鯉致余，將延之入汴，余復辭去。自後書一再至，屬望惓惓。迨庚辰會試，公已出撫保定，忽於三月初旬差官遺書訪余，場前以田會元墨卷十部、卷金十兩爲贈。其官候余初場七篇帶回，公閱之，擬定第一，更不再索後場，分付門者，得信不拘深夜，即便傳鼓。已而見報，公穿吉服，額手謝天，即刻題椷遺賀，贈以廿金。又遺書申相國，問何壓在第二，相國復云：「原取第一浹旬，臨期始更置之。然文品終是第一。」復差官以廿金供費，併示相國復書，以見田子之許始終不虛耳。已何，公召入爲大理，余候之郊外。公於諸客一切謝卻，獨約余會於静所，甚浹清歡。方幸公在長安，時相過從，而公以抗直爲首揆張公居正所啣，臺省望風疏奏，遂調留都。公即飄然高舉，乃音問頻來，以渠邑浚川王公相勗。蓋王公以督學爲名卿，而余督浙學頗殫公明，遂嘖嘖稱歎。然此何足以酬公知！

後余官粤東，聞公歿，手撰文，遺家人直至公家致奠。及移秩山左，又遣人存公二子。知公已舉鄉賢，猶格於當事者，適余門生董君爲學憲，遺書囑之，遂登俎豆云。

二十八　避嫌

1 乙丑，余館於邑中周氏，有壁鄰富而孀者，欲遣其子從游，與周分季供給。周欣然許之，余以「寡婦之子，弗與友也」，卻之不受。

2 余初轉學憲，堂翁宗伯朱公賡以程幣來賀，止收一程，躬返其幣。迨還里中，江院林公可成爲同年，淮揚鹽院陳公禹謨有舊雅，各以銀幣來交，俱不受。所親疑爲過介，然三公皆浙産，自當引嫌。從此風聞絶無交際矣。

3 辛卯，劉夫人卒於武林官邸。急索壽木不得，有言内監司房傅百户家有美材，又不責價，將送至衙。余以學憲而取材於武弁，縱與平直，亦非法體，況不索直乎？竟辭之，而市於木賈。

4 余與同年錢丈士完，同舟同寓同榻，又同文社。余發牌科考湖州，越一日，方出臬署，錢丈差人下書。余呼其人近前，語之曰：「我與你爺最厚，久不相聞，余極要開覽。但明晨即往你府中，此時接書，未便。到府事畢，親來拜謝。」後試事告竣，登門拜之，力辭不出，情誼遂疏。

5 余念劉夫人，不再娶。有勸置妾者，業與鄭氏有約，正納茶禮，忽索冠帔。余曰：「先安人受封，不用，今乃欲用之乎？即云美觀，名器難假。」遂解前約。

6 余牌行嘉興歲考。該府與吳江接壤，多有入學在彼者。時將啓行，吳江沈年丈璟，遠入杭城見顧。一時不便延接，因問其寓在昭慶寺中，特具程儀往拜，亦避不見。後過吳江，造宅至再，終於不出。

7 凡督學優取生員，每認爲入室弟子，借名送課，時常晉謁。不但示人以私，易生物議，且一日長短，未足以定其生平，而拘拘焉惟優等之是暱，何不廣也。余於發落時，命諸生勿謝，亦勿輕來謁見，徒煩往來。故諸生雖首取者，意不甚洽。然議論不生，殊爲兩全。

8 粵東方物，多聚香山澳。縣令張君大猷，余門生也，有勸令置迦南香帶者。余謂即與之值，必不受，迹似抽豐。在彼五年，終不置買，甚至醉蟹微物，張欲持送，亦辭之。

9 粵東有一雉，飛集於庭，馴擾不去，遂飼之。夜則入籠，旦即出躍，每從掌中啄食，卓上行走。副憲任公可容見而奇之，賦詩紀祥，仕紳賡和，彙有二册。歲餘，入覲，攜至南雄登陸。念以一物而役驛夫，路有二程，亦增一擾，送歸。憲長胡公桂芳收養，俟大拜放之，不欲比於趙閱道之鶴也。

10 嶺南道有門役來姓者，答應勤慎。嗣轉憲司，欲隨余行，余不許。又願自備工食以供役吏，余仍拒之。蓋余無私人，一攜去，人將指目，或生事端，故不得不謹耳。

二十九　别俗

1 吴中聯姻，每以門閥相高，及以禮多爲勝。余長女幼時，有東倉吴氏來求，聘儀極厚，且許借多金。余不應，後許本城顧上舍之子。長男議續，有金沙于年丈景素，欲以姪比部君之妹見許，令同年向丈面言。余力辭之，竟娶上舍沈公之女。次女，有吴興董氏，三世甲科，富冠西浙，託座師申相國遺書見命，云五不可辭，且以男女五媒坐守。堅不肯從，尋與練城張年丈之孫。

2 我邑富家，有起自農賈或奮於奴僕者，縉紳往往與之交遊，甚至聯姻。余自爲諸生，於各家一不識面，並無半刺相通。

3 士夫起家，多有同姓之富貴者認族。不惟自亂宗支，亦且幾於無祖。余從來不妄認一人。

4 吴中風俗，間有宴會以妓侑觴者，即士夫亦不之卻。余生平不入狹邪，訪有妓席，一概不赴。

5 余丁艱，三年之内，不赴宴、不舉色。有表兄周公洛川，請賞牡丹。時已禫服，亦走柬謝之。

6 吴中士夫家，俱有門客，日陪笑語。或博弈歌吹，或子女田宅，或居間干請，或傳報新聞，各呈才伎以求悦之。一與狎習，子弟多被誘引。失勢之後，甚有把其陰事，通同怨家以相詐害者，往往而是。余自鄉舉，若輩來顧，禮以上賓，即逡巡求去，間送新茶土物，輒倍直報之，遂爾絶跡。四十年來，門無雜賓，頗覺閒適。

7 吴中子弟，多有學下圍棋、象棋及以蠟牌、骰子、雙陸爲戲者。此皆一念好勝，藉此爲娱，而賭酒賭錢，皆起於此。賭酒則破量，賭錢則破家，流禍何極。余少時見人下棋，間亦觀看。偶讀克伐怨欲一章，知聖門學者，先要去其好勝之心，即以善以勞尚且不可，況於戲具而可有勝心乎？從此强制，漸以相忘，即國手對弈，亦不一覷。其餘一切不觀，因俱未諳。頗覺心無別累。

8 吳中朋友相聚，每有詼諧，然戲謔爲虐，往往相訴。余口給固非所長，性又不喜嘲笑，從無一言出於口。往，社中陳丈允升屢謔余而不應，乃笑曰：「兄到得，術乃止同。」

9 恩貢文丈元發，命其子震孟曰：「汝宜一見不詼諧李年伯。」令候舟次，務面晤而還。

10 吳中子弟有私將父産減價而鬻者，士夫間亦受之，余概不置買。即有以古畫來當，數止幾金者，亦必卻去。

11 余以庚辰擢第，當選授時，人咸謂非兵則工。尋有報授工部者，居停主攜壺榼至，余卻之，以非余志也。復報刑部山東司，余謂居停曰：「今可餉我矣。」居停與僕從皆疑而問之曰：「工部，不雇役，不賃房，又不日日進部，此衆所豔慕者。何不喜工而喜刑乎？」余曰：「工部分司多與中官共事，且有臺省監督，不如刑部之爲適也。」爲進一卮。

12 人情排下進上，趨炎避涼。余於不若己者，必加敬讓。至失意流落之人，恒思培植之。

13 庚辰釋褐京師，有一武弁爲余同鄉，來言其所親某有一女甚美，欲請爲妾，不索聘貲，意甚勤勤。余曰：「方徼一第，即便置妾，且糟糠未至，以新間之，可乎？」竟不許。

14 己巳冬，余待試金陵。有平康妓某，名冠一時，人争欲見，不得。周君之望期以數日，始諧，拉余同往。其意即已屬余，業即自遠。比余應恩選留京，數使人邀余，余不赴。偶以謁客過門，爲所窺見，强邀之入，亟置酒止宿。余正言固辭，冒雨而出。次年卒業南雍，復使人邀余，言願侍箕帚，自有奩資，不煩過費。終謝卻之。

15 己卯冬，將上公車。雲間湯生盛稱其妹工容，被富家逼娶爲妾，願避地吾崑，以身從余，一錢不受。余笑曰：「辭富歸貧，人情乎？」湯具道其夢，若以余必登第，有永藉也者。余曰：「此夢也。倘夢不應而失所藉，奈何？」未幾，扁舟載至河干。先大夫與劉夫人力勸余收之，竟堅卻以去。

16 有少年徐文華，同妻鬻身得價，立契約，過三日入門。偶牙婆云：「此人夫妻不和，頗有色。他日即當用之，聽其再娶。」余曰：「夫妻宜合，入我門而離，非法也。」立索其價而斥之。後鬻於一封君家，遂留其妻，生一子。

17 是年有姚坤者，父聘一妻，父死而外家不予，苦苦鬻身求配。余爲備禮娶之。甫入門而嫌妻貌侵，欲賣。余隨斥去。蓋不欲離人婚姻也。

18 有張松者，善書，人亦伶俐，伺候余門者半月，欲鬻其身。余訪知爲顧春元之僕，迫於內而驅之投主，若一收之，於同袍之體未便，力卻之。尋爲許公所收，大見任用，因唧余守門者，乘夜酗酒，打毀窗户。余知而忍之，許誤聽偏詞，遺書見詬。余不與辨，祇令詢之對門朱醫。怒卒未解，余親往謁之，不出，一笑而歸。

19 余戊戌北上，漕臺楊公雖以傳符見贈，所過中火必以銀三錢給付郵丞。有家奴司庖者，將厨下家私毁碎，聲聞外堂。執出杖之，給銀代賠。以後各郵，一物不毁，人俱稱便。

20 余家規嚴整，並無一僕在外生事。庚戌回任山東，已登舟矣，偶有與周宦家人争鬧者，呼至馬頭，令縣役於岸上責治。人益知戢。

三十　助工

1 邑中大小木石橋梁，但有圮壞，助銀不等，以俾修葺。至金潼一橋，與祖塋相近，每一捐助，必給三金。而南垸一傾，人鮮肯任，自以十六金築之。迨橋身一圮，亦徑自葺，不煩地方矣。

2 邑中各處神廟，或修或建，並量助幾金。內有久未完工者，再爲捐貲以竣。

3 歷下雩禱，俱於城隍、東嶽、龍王各廟行香。廟久多毀，未有議及修理者。余見城隍廟更壞，令廟祝具呈，批府佐銀九十七兩零，轉詳院允。復令歷城王令訪約保中，有爲善好施者三人董役。余以好言分付，先出銀十六兩助工，自後王府暨同寮量助不等。余每過，必閱視其工。已而入覲辭廟，見兩廊未完，又給二十金竣事，廟貌焕然。其岳廟、龍王宮，各捐金不等助之，並得完好。

4 濟南西關外趵突泉，上有吕祖祠，前建一橋。橋之東偏有白雪樓，歲久已圮。又因山水大發，將橋衝去，祠敝壞，泉遂(軋)〔亂〕流。余睹而慨然，因捐金並爲修理，改建石樑以通祠内，仍疏泉眼，水勢高有二尺，仍還舊規〔一〕。

校勘記

〔一〕舊規　按，文意爲恢復景觀形勝。「規」，疑當作「觀」。

三十一　便民

1 往在儀曹，凡月杪一二日，有投入監公文者，即散部已出儀門，必復入署，差人從寓所請印，給發手本。蓋監規，朔日進者准作一月，初二即不作准。寧勞己，以從人便。一在司道，每日有投文解審之事，當日即完，以免員役伺候。偶有別屬，亦即預示，詰朝令先回寓，次早發領回文。

2 泰安州頂廟，混施錢糧，内有銅錢二三十萬不等。每遇浄殿，該州先請夫票，遣人解司。一路被店户抵换，收來全不堪使，俱積庫中無用。一日，州守江君來謁，余謂錢低難用，守對以州中用錢，原與省會不同。如州錢每千六錢五分，省錢每千八錢，價既異而式又殊，以故不能行使。余曰：「既如此，州錢只算六錢，折銀起解，何如？」守曰：「甚便。」自後遂代以銀，既省腳力各役工食給錢，又稱有利，真兩便也。

3 粤東民間兑買田地，例多虚寫價銀，有一畝而價至三四十兩者。本爲杜絶回贖，但遇納税，部例每兩三分，所費不少。余與廣州府官酌議，税契每畝納銀八分，申詳兩院允行，以省民費。

4 山東科場，合用段幣頗多，向用鋪行出(辨)〔辦〕。價值不少，粗紕不堪，且差人四出，督促再三，急難應手，上下苦之。余議詳撫院，行委本司首領，給以原銀，徑往蘇州平買。幣既鮮明，事尤簡便。凡省城、臨清鋪行，從來當官苦累，一切盡除，永以爲例。人咸稱感。

三十二　行恕

1 凡録考科舉，例照額數一名，正送二名。余至紹興，先考餘姚，劉守庭芥録送生員八百五十餘名，比該學科舉之額幾於十倍。意欲裁之，守率各令稟稱，天下人才盛於紹興，紹興尤盛於餘姚，必求破例。余謂餘姚一增，山會等縣必以次遞加，各府聞風比例，亡論舊規未有，且加增試卷，便有幾千日亦不足。劉良久不起，不得已，問場中號有若干，曰五百八十有二，遂照號收考。是一名而送五名有奇矣。原期五日發落，乃場中佳卷甚少，正取有四十四卷，因進劉守而告之曰：「五日至矣，卷不足額，奈何？」劉恐減額，亟爲懇請，余曰：「若要中式，俱在所取卷中。若欲足額，不過於三等卷内再取，以應故事，無益也。」守出，余爲偏閱落卷，曲意姑收，目眩神疲，咽喉噴火，遂仆於地。門役且扶且泣，曰：「從來老爺並無如此精詳，何自苦也！」是日，勉湊完額數一百五名。詰旦發案，謂守曰：「昨日空費窮搜，畢竟未有中者。若案首，定聯捷矣。」又謂守，此番考過者，不必復送遺才，恐三月間未必速化，只宜於未經考校者取送可也。聞者並訝余言爲過。及至放榜，案首戴王言果中，餘中四名，俱取在三十名内，一如余言。後門生孫如浻過家，謂：「甲午潋縣又將脱科，夏司理稟明按院，於備卷内尋中一卷，亦係游學晉中、卯年未經考過者。」

2 嘉興府録考生員送道，諸生争稟，有才名者皆棄不録。余問：「府取公乎？」曰：「公。」余曰：「既公矣，何必言？且該府科深，亦當相亮。」衆猶未已。余許遺才多送，自可盡人，乃止。自後遺才卷數，合府增多，湖州亦引以爲例。余勞更甚，不惜繙閲，以副士心。

三十三　慎議

1 湖南穀多價賤，自來各屬倉穀充盈。直指李公天麟移檄荆南，欲照例給穀，大縣萬石，餘各有差。名爲備賑，但楚民一經借出，從未還倉，荆南穀價比之湖南甚貴，有司糴本更無所出。二郡守心甚難之，又重違直指意，不敢輕詳。余徧訪事情委實未便，令守行州縣詳議報道，余再駁一番，力請直指免行。李雖不然，勉爲中止，二郡得以寧息。

2 初，戴君恩之奏稅二十萬也，制府戴公欲處三萬與之，廣州出一萬，潮、肇二府出一萬，南、惠等七府共出一萬，令余計處。余以廣州一萬且難，餘益難議。鳳私與王左伯言之，意在八萬，浼王留余在省先議廣州，且自來拜。余極言無處，鳳意尚欲稍減以就。余念粵民已困，不忍再爲朘削，力以賫（俸）〔捧〕期迫爲辭。行後，兩院與二司會議，按院顧公龍徵徑奮筆，許以十五萬。鳳大喜過望，反辭去七萬。粵民恨之入骨。越明年，余會刻通志，内稱余與王公加意恤民，力欲省免，獨按院顧某加增取媚等語。

見之，心甚不安，一時藩長又不欲易。迨粤人王君安任濟南司理，余託之轉請編纂王公學曾，始竄易委宛，不令余獨受德云。

3 經略邢公玠，以剿楊酋，題行湖廣調集土兵一萬。撫院郭公委二將領，駐施州衛取齊。時荆南二土司原無見兵，徑將各縣佃種人户，差人查撥，沿門嚇詐。人情惶懼，挈家逃移，每日不可勝數。余一聞之，念人散則地荒，荒則糧欠，以鄰省之聲援，致内地之空虚，本是非計。況途遇總戎劉綎，密詢本兵之意，原主於撫，援兵當亦無用。因一面請於撫院，令先許之以壯兵勢，姑且緩之以安民情。一面本道出示，免其查撥。逃移各佃相繼復業，地方遂安。後以楊酋就撫，竟不調兵。若依前議，不惟無益西川，荆南先騷動矣。

4 福王分封，山東派有養贍地土一萬畝。除原討涇府遺業查歸外，餘少地數，屢奉嚴旨，欲亟處補。余以民田各係己業，難以攘取，又係徵糧，難以重科，三疏求免，不允。户部行咨，徑欲派之六府。是非奪田，即加派耳，遺害地方，世世無已。因行藩司議，該省每歲解司，將裁減工食等項處銀四千餘兩，代還前地租銀，定於十月初旬該司差官解福府收用。疏上，仍不准，從部咨派地。地既無處，不可再行，遂謝不任。按院馬公孟禎遺書五次，勸令會查，余力辭之。公因自行查派司道，勉將湖壖及荒地捏出佃户界址，造册報院，余不批發。按院請余會題，余以病辭。乃爲代草一疏來請，又令孫方伯遠來，請用册印。余不得已，權准按院會稿，判日回復，其册印，仍令方伯請按院印之，以示余實未行之意。按院隨以書見復，謂：「此事例該貴臺作主，敝差豈可僭越？總之臺意不欲完局，且姑俟新院行之。」後同年錢丈士完交代，首訊及此，余明以告之。尋聽按院之言，會題得旨，福府差官丈量管業。合省騷然，竟爲登州道姜公疏論兩院，中不及余。當時倘執持不定，勉從按院會題，不惟人言見及，地方怨恨，將何口以解也！

5 南刑部尚書王公世貞，上疏三事，内有請立太公廟一款。余以太公之廟，先奉聖祖明諭，文武盡道，不宜與文廟並立分爲兩途，一旦議復，不便。即公負海内名望，爲同鄉先達，終不敢輕爲具題。

6 工部尚書朱公衡，以運道阻淺，開濬南陽新河。後給諫常公居敬奉詔查勘河工，盛稱朱公可比平江伯陳瑄，疏請專祠。上下禮部議覆。余謂平江功程，自淮南以達冀北，道里甚遠，至今賴之。朱公所開，不及百里，歲時且近，議論未一。是否相同，例當通行山東、河南、南直撫按查明，以便酌議。時少宗伯于公慎行，乃朱公造就門生，而常又于公本房所取士也，亟欲覆疏，屢屬免查。余持不可，因行工部轉行，查回報部，始爲具題。

三十四 保全

1 同邑顧君茂宏，以家奴事與陳白泉父子有郄。顧以中式，將入場，陳之子入京，投狀通政司，將上疏中害之。而通政使張公孟男，乃白泉舊寮之相厚者。適余往謁，公問陳家業後人，余應訖，隨問其子來京，奏一春元顧姓者爲何？余謂前事已處明矣，因訊公其子身材長短，公曰：「長身。」余曰：「其子身短，恐非真也。」公寢其疏。終不使顧君知之。

2 丙戌提調春闈，適監試宋侍御爲山東人，以山東舉子與南直俱由東棚門進，同鄉不便點名，約余改從西棚門。是時寓所已定，人人患苦。余勸宋公云：「待點名時，余與公俱西坐，易高、陳二公於東，便是兩全。」强之數四，姑勉從之，人俱方便。初場，人擠傷斃舉子三人，人多落後。平明，宋欲封門，余恐外面有人，差官傳喚，又得十七人進場。內有同鄉孫承榮，以是科中式，官至山東布政。

3 是日辰刻，宋已先寢。余見明遠樓前有一舉子，徘徊不入號房，令巡綽官往問。渠上前稟稱無錫顧龍徵，偶與同年話久，號門遂閉，卷在號内，失記號名，衷情甚迫。余令前官至東文場，訪號房内有文卷者，開門放入，發封仍鎖。是科中式，官至御史。

4 是日，聞西文場喧嚷，似爲懷挾。速命巡綽官呵止，冀其自息，乃軍人徑出投首。余閲其碎紙，不類文草，方與宋公解之，奈此生不跪，反詈軍人。宋怒而再搜，又得紙幾葉，遂行枷責。具疏，奉旨黜革。後宋遇余於塗，向余曰：「前日若從老先生勸解，止行逐出，甚妙。今悔無及耳。」

5 三場薄暮，有京山李惟標，寫策違格。適宋已就睡，稟余乞謄。余覽其策冒俱通，憐才念切，因與該所李、張二同年關説，堅意不允。余矢天又言，二同年云憚侍御宋公嚴耳，余力爲保全，方准謄録。是科中式，放榜後執門生禮來謁。辭不見，帖亦不收。

6 杭州有一學博，攔門告其子生員不孝者。余曰：「小民不孝，且當重究，何況青衿。第恐偶失承懽，姑俟省改。若再不悛，即具詞以便正法。」其子聞之，改過。越三年，未見告理。

7 嘉興生員褚繼良，無子，只有一女，與贅壻相依。壻放浪不檢，繼良乘發落時具告，欲絶之。余曰：「壻可絶，女不可嫁，汝安所倚？不若督誨之，令其省改。」繼良痛哭，必求准理，余終以此言諭之。諸生聞余言，轉告其壻。壻改行，遂爲翁婿如初。

8 歲考衢州，見有一卷字如圓圖，且筆不成畫，難以成誦，心竊訝之。細尋文義，亦稍聯屬，意是病生，姑置五等，以俟面驗。及至發落日，有兩人扶掖一生，舉步甚艱，跪下難起。詢之，爲孔某，係先師之後，少廩於官，晚得瘋疾，勢不能試，特因正貢，勉强赴考。余見而憐之，照例移入四等，三月考奪。後以復學考貢，准其充貢，遥授教職，作興等項，行縣一一給之。

9 科考湖州，有曳白一卷，例當黜退。及翻閲一草，文義亦明，姑置五等。發落面驗，諸生稟，係上年領批廩生沈弘道，以試日瘧甚，不能清真。自分必黜，今尚留根，齊聲稱感。三月，考復。

10 辛卯大收，案已寫完，將揀出不完者入箱，適束斷，遺一卷於地。因爲取閲，見一卷文極清雅，僅有四篇，雖不及格，愛而收之。拆卷，是嘉興生員徐必達，遂填入前列。已而聯登。

11 萬曆壬辰，部文行考歲貢。業已吊取，忽訛傳用選貢，南直先行考選。諸生英茂者僉來呈請，同寮多慫恿之，謂收老學究不如收年少門生。余謂既已取考，且待考過，發回候文。因近訪江、福二省議，亦未定時，因請於禮部。乃諸生相繼到省，余只得先爲閲卷，同寮又勸且從容。余以老生多貧，伺候日久，不得已，填案用印。印完而部信方回，亦云選貢。余念誤信過小，歲貢一誤所係甚大，不如任過於己而曲全之，遂發前案。各學衰邁諸生，俱得出學，以領作興之典。然是年選貢，僅二三處，即失此年少門生，不惜也。

12 甲午，以賫捧北上。舟次皖城，會同年舊考功葉朴齋，囑余曰："此行當備二三人，以應楸衙門。"余曰："已有人矣。"葉曰："非有司也，司道、府正則可。"余曰：

「此非弟事。」葉引前次汪某許一道一府，遂得遷秩，「且敝衙門記注，以備開府之選者」，緣係相厚，特傳此秘語，令余留心。余謂毀人以自成，如方寸何？不敢奉教。

已，入京見部後，太宰孫公丕（楊）〔揚〕三次差人來約，欲過寓中相會。一到，即令拴門屏僕，自與余檯卓而坐。出手摺，先問浙、楚司道之劣者，語極謙和，且云：「若有見教，當以京堂見缺爲報，不敢薄也。」余謂出麾未久，聞見不多，况在浙校士在外，與司道不數見，在楚分駐在外，與司道相隔遠，實不能知。若仰體折節虛懷，憑臆妄對，既累知人之明，又枉是非之實，欺天昧心，罪何可贖？苦口力辭。公隨以憲副趙、劉二君質問。時趙已調任，劉未回任，原不相識，事亦不知，但以好應之。公色稍變，既問各府，内有長沙府吴守道行，見註爻字。公謂，九年太守，七年住俸，此天下最不好之官。余曰：「此官到好。楚中惟長沙賦額最重，年來水患獨多，故錢糧積逋，以致住俸。若官評，固無議也。」公因問其年貌才守何如，余具爲之對。公隨註於摺内，因問何以知之，余以近辭兩院司道，議及本官開俸事，遂諗其詳。公曰：「如此，則餘非不知，特不欲說人之短耳。做官還要風采，豈可一於忠厚，使老人不得聞一劣官？殊虛屢約之意。」辭色俱變而别。

次春大計，劉「不謹」，趙無恙，吴先陞井陘參政，見部時，公云：「向無人知汝，我近始知，故以此缺補汝。還要再陞。」未久，轉晉中臬長，又轉中州右伯。其所稱吳好官諸語，一一皆述余言。吳固不知余之力保，而太宰啣余，黔中之轉，所自來矣。

13 石首汪令可進，才短心真。會天大雨，江流已決縣堤，駸駸及議城堤矣，民情危懼。令率里老人等，對堤禮拜，衣冠沾潤，泥塗滿身。人多散去，令終不移，江流遂轉，堤得無壞。後兩院頗求多於令，余以此事宣聞，獲免。

14 巴陵王令夔龍，遵奉余言，盡更敝政。第該縣吏役承直院司者甚多，向俱逋賦，王以一概催徵，遂來蜚語。撫院郭有疑心，來廉其狀。余極言令賢，願以身保，議論始息。後治行爲荆南第一，選入臺中。余至京，仍欲執弟子禮。力辭，不獲。

15 按院李公，來訪華容鄒令。此令履任未及十月，先是問之岳守李蘇，云有養無過。余亦見其才雖不足，守尚未虧，因爲稍解以復。已而直指發下一揭，有十二款賍私，筆跡實出岳胥之手。因從守索之，隨送一揭，與直指發下者相同。當約巡、防二道，謂府既報院，吾輩難已，第多賍近誣，仍以「不及」議處。各差二役，同日呈報二院。乃二道猶欲正報，按院再來揭余。同行。余以參疏例當會同，豈可單報，因連夜差人約二道。而防道終欲單報，只有巡道同之。時及得撫院郭書，云兩院一體，不宜有異同先後也防道蓋府報按在先而事重，余報撫在後而事輕，故以見督，不知該府原未報道也。況府之政聲既即欲參府，商之於余。余以府方參縣，道復爲縣參府，似於紀綱未便。

平，撫之怒氣方鋭，倘有重處，如何？不如爲府受怨，久之自明。二道然之，遂不參府。

已而按院檄下，將縣羈留。鄒令來謁，伏地泣訴，云撫院誤縣。詢之，云兒子爲少

宰裴澹泉之壻，有書囑撫，許爲薦拔，勉來赴任。不意李知府求索不遂，暗投重揭，以致被參。縣與府皆舉人，府事甚多，大家訐奏，決不容府獨完。余見其語意狂率，且以言寬之而去。後鄒調閑。

越三月餘，徐郡丞萬仞自省回謁，徐問及前事，余言其大都。徐曰：「昨見撫院，有不然之語。事既由府，即當説明。」余復言所以不參該府之意，徐稱爲天地父母之心，又促具揭。余曰：「前既不言，今忽言之，撫臺賢者，反以我輩爲有他腸。始終爲府受怨，可矣。」

後以賫捧謁撫院，遽問岳守如何，余應曰：「可。」撫謂臬長李公杜曰守多可議，該道但不言耳。余心疑前事，因言，二千石非有大故，求且優容。既出，右伯郭公子章

謂：「此老想他久矣。」余以前事爲言，郭曰：「如此，只該不説。世豈有爲同鄉一令，竟以一府相陪者耶？」次日留飯，猶諄諄討守事狀。余以身既離任，向無確聞，不敢輕具，見有二道在彼，有聞自必不隱。而撫復以舟中爲囑，及中途續報別官，不及府事。復書曰：「州縣以上，有應開不開者。固知貴道盛德，不佞何所藉以完計典？」蓋指守也。余心念，大計必首論李守，以庇護波及余矣。乃竟得免，心竊惑之。

後回任至省，詢郭公曰：「岳免，爲何？」公笑曰：「蘇秦不是舊蘇秦，今親厚特甚。」余亟問之，公曰：「去冬察事，全不與二司相商。迨具疏後，余請問有司職名，歷數不及岳州。余問岳何以不及，撫曰：『人不易知。我向以本官爲不肖，今始知其極賢。』隨問何以知之？以孫立老、吕心老、李克老向省菴交薦其賢耳。」余曰：「岳既相厚，他必以前事諉之道中，以自解脱禍，必中余矣。」公云：「彼亦人耳。豈有老先生如此培植，反行萋菲者？」余曰：「昨歲之言，諸老共聞，他不在側？其駁招一事，畜怨已久。即當請告以避之。」郭曰：「縱無人心，亦有天道。」余意猶未已，郭遺書相勸，以先人貽典見勗，始隱忍俟之。後終被守揭，以至論調。真養虎自遺患也。

16 順德區舉人，被棍徒呈首珠監，云家有夜明珠一顆及大珠等。珠監差人往索之，一家膽落，舉村驚走。本生懼而泣訴，余遺書珠監，極言妄首濫搜之爲民害，今又害及諸生，詞旨嚴切。珠監即掣差回省，一村俱安。區具啓來謝，余謂此地方官應行事也，何以謝爲？卻之。

17 珠監又差人，拏保昌鑛頭，已走。該縣及地方一人解往廉州〔一〕，又不申道。余聞之，切責該縣，特走柬珠監，令即發回。

18 清遠劉令幼學，以選貢蒞刁邑，且與衛同城。禁奸戢暴，軍民安之。李監累次欲來開鑛，賄其司房中止。邑有包稅銀五百餘兩，自鬻掣鹽例金代償之。余爲上其議，二院嘉賞，按院列薦於甲科三人之前，遂犯時忌。後遷判吉安，蜚語四起。制院心動，余力保之，得免劣考。迨過西江，撫院夏公問余曰：「有一劉倅，倔强異常，令署府縣印，不受，遽來告致。此必前任在粵有議，故借名脱身耳。粵議如何？」余曰：「此舊清遠令也。」具告以前事。夏曰：「果爾，當重用之。」隨呼門役裁去批語，慰留在任。次春大計過堂，考功謂此官有説，余曰：「此官肯任事，不受錢，無他説也。」遂留之。尋轉郡丞。

19 南雄橋税，歲額四萬。每季以府佐輪管，缺額者多以致劣轉。同知郭士材新任，以次當及，具文力辭，至欲告致。按院李公大不然之，余曰：「人有不爲，而後可以有爲。本官既有此志，若責成之，定有可觀。待其足額，乞賜以薦，人誰不勉？」公諾。余以告郭，郭尚畏怯。余諗知橋税之弊，具爲言之，令其釐革。後管一季，溢額六百餘金。余聞之按院，又令管一季，溢亦五百金。時按院將報命，郭俸猶未及期，余以爲請。按院初亦難之，余曰：「成言在前，即少俸半月以上，願寬假之，以勸來者。」卒列剡端。後擢守雷州，入覲謁余，猶行屬禮。余力辭之，郭曰：「非大人，不至此。敢不下拜！」

20 乳源吴令邦俊，初任謁余。余曰：「邑不可爲已，須一振起之。」吴尚茫然，余告以故，令其條列所宜釐革者，先具揭禀，而分别其孰可徑行、孰當詳道、孰當詳院，以緩急輕重布之，仍爲勒示遵守。期月，政聲漸起，余與按院言之，每加獎許，以鼓其志。後復列薦，遷德慶守。

21 東倉沈公昌期爲功郎，管察事。會余入賀，凌晨留入卧所，以訪單見詢。以余堅卻，止舉首貳款四人爲問。又辭，不獲，見貴州憲使鄭國仕開註「老疾」，余笑曰：「貴衙門耳目與人不同，何可置對？」沈固問之，余曰：「此公原無雅素，昨以賫捧過澧，正是元夕，留款夜分。見議論風生，精神充溢。即才與守不可知，其非老疾明矣。」又見前任三令呂兆熊、彭好古、趙夢麟開註「大貪」，余曰：「呂爲敝父母，彭爲敝門生，欲辨似涉於私，不辨恐失其實。總之二公有才華、有性氣，治行或欠中和，操持實未狼狽，願公熟察之。趙則實不能知，請另體訪。」次春考察，鄭與呂、彭俱免。後鄭至鄖陽開府，呂、彭各轉憲司。

22 臨（緇）〔淄〕李令凌雲，先欲改教，撫院黃公業爲草疏。後以按院嚴公列薦，又浼沈方伯請免，撫院深以爲嫌，余力解之。已而得過武德道秦公，旅見撫院，首言此令宜處。余謂令年少清才，即有微眚，宜徐觀其後，撫院默然。及出會秦公，又爲申救。秦係舊屬，乃曰：「憲臺見教，不復見揭矣。」事遂中止。越三年，選入臺中。

23 濮州傅守淑訓，少年穩妥，治無害也。會當審編，迫於入覲，有二都不及致詳，民有間言。兖西道來公勸撫院議處，余以守無別議，僅以忙錯，力請寬貸，遂免參論。後以起復，補任澤州，尋陞大府。

24 外父劉翁有庶子某，幼孤喪母，妾張撫之。尋爲妻家葉上舍招去，將伊分授田房徑自典賣。余恐廢業廢學，他日必與嫡兄告争，而張又無倚，兩家俱敗，爲請於縣父母聶，云著令歸宗，與張相依。聶令人送至余家。余先治具以待，堅不肯來，再三慫恿，方至。尋又欲往葉氏，余即邀張過家，泣留共宿，明早多方勸之，令隨張還家。又囑令嫡兄置酒款弟，使復和諧。隨爲代出典價贖還分房，收召家人掌管見存田畝。一俟年長，即與成婚，生有子女，旋入府庠，迄今與張同居。

25 吾邑令同年劉公應龍，寬厚疏通，檢操修潔，甚得牧民之體。偶以代考一事，得過於學院房公，將疏論之。適余典試楚中，回至句容，公挽留赴宴，語次問及劉令如何。余極稱其賢，公因以前事見諭。余曰：「此或偶誤耳。然一眚難掩全瑜，顧公祖再行體察。」公意稍解。臨行，再四懇請寬之，公遂止。迨還郡城，會給舍顧公九思亦問劉令，余力贊之。既入里，劉來謁，余謂父母與給舍往來否？曰：「未也。」勸令往候其行。余北上，顧尋至都門，余往謁。顧謂余曰：「貴縣令公以四金見候，今報之幾百倍矣。」

隨詢其詳，知按院宋公仕復命，擬劉改教。顧於兵道蹇公達處聞之，因稱劉公，以勸蹇公開薦，宋遂附於剡末。後劉行取，余又囑顧公，併囑銓司白公所知，遂授御史。

26 同年閻丈士選，以蘄水令入楚闈。本房先取汪生起雲卷，迨呈總裁，徑以少宰王公之子卷易之，遂招物議，六年不遷。余在儀曹，偶會銓同年葉丈龍光，問閻丈何以不遷。葉云：「敝衙門方欲劣處。」余曰：「得非爲楚闈事耶？」曰：「然。」余曰：「第會昨歲榜首門生汪起雲，乃知王卷中自沔陽史守，總裁徑去汪取王，使閻失一門生，而汪至今感激閻丈。何人言之？厚誣也。」適同年汪丈可受至，余謂汪丈楚人，知之甚悉，汪亦應以爲然。葉曰：「果爾，即當遷秩矣。」越四日，葉對余云，閻丈已轉南部。後歷任以至山西左方伯。

27 泰安州守江湛然，吏治穩妥。庚戌大計，江已丁憂，考功朱公謂此官有議。余詳其治狀而力保之，遂免降謫，起復遷秩。

28 滕縣令王漢傑，到任未久，即以憂去。道府以狀聞於院司，業註「浮躁」矣。余詳其事，内有點名罰穀一節，與該縣去尉相同。其移用前任貯金，與匿喪治政，皆係行檢大事。恐少年甲科，未必喪心至此，且歷俸不及三月。據此劣處，殊爲過刻，因改册以報。迨考功問及，亦委曲應之，獲免。後復除昌黎，行取。

29 濱州守吴邦靖，性剛心忍，舞智藏機。會歲之不易，令人移粟家内，以市虚名。又認通政吴公爲族祖，結東林諸公爲交游。而本道靳於中，又以同鄉私昵，力爲舉薦。其一切貪婪暴横之狀，壅不上聞。撫院黄公偶聞州民翟某投揭於京，因准詞一紙，已批巡道問解，復對二司言之，即欲參論。余謂此州難治，單詞難信。若據其揭告即煩白簡，是小民得操本官去留，恐於紀綱未便。不若俟該道問明，如果本官不肖，參論何辭？公遂中止。余之此言，原爲大體，非爲本官也。乃本官見謂幸全，錢糧未及分數，遽欲考滿，賫捧開報卓異，輒欲列名。余並不許，已有觖望。迨余開府，巡道方以前事解審。所有原單十二款，證佐八十四人，招内略不一及，止以毆打公差，擬翟某等城旦，又無公差姓名。各犯搶地呼天，極稱冤枉，法不得不行再問。於中不勝愧憤，而邦靖亦疑余有意過督，大計將不能免，合謀思一傾之。會黄公與淮撫大讎，託心腹御史李若星論劾，而若星與二人同里，遂代爲報復，波及於余。向使黄公之疏早行，余安有此事？即荆南保全李蘇之遺患也。

30 萬曆己酉，山東鄉試。二場，余以左伯陪監臨蕭公，在儀門點進諸生。有一生，搜一金簪，被軍呈稟。公未驗視，余先取觀之，謂此乃銅，非金也。公遂投於地，容令入場。

31 是科，二場有一卷，訛寫表題二字，對讀所官稟請貼出。余閱其卷頗通，姑令謄進，以備主司參閱。後竟中式。

校勘記

〔一〕及地方一人　按，文意爲保昌知縣解送一人。「及」，疑當作「以」。

三十五　辨冤

1 余在西曹，有東廠送盜犯張憲，賍止裹腳一副，同夥未獲一人，欲以「强」論。余問失主，上盜狀云：「室以編籬爲門，夜被打進。」余謂編籬手可鈕而開也，問其仗，有一楊枝，丟去矣，問其夥，曰「門外尚似有人」，皆無實據。余明告之曰：「人命至重。果是强盜，斬不足惜。倘竊也，何必故入之。」其人叩首謝，遂從末減。

2 有印綬監邢内相，與所親貸銀不得，誣欠銀三百兩。巡城劉侍御斷給百兩，内相嗔少，其人又苦不服，告送刑部。余鞫之，云内相係伊父表姪，少以孤貧，資給衣食，又出費謀進皇城。後有用度，往往取給，執有親筆數十紙，約值三百餘金，分毫未還。近謀掌印，又來借貸，不與，因此誣告。余心知内相不直，因語抱狀者，借去銀兩，何人見兑？錠件若干？據諉内相一嫂，唤嫂，不至。又諉一姪，唤姪，不至。益洞其誣，乃謂之曰：「事無證見，負欠是虚。即使當償汝主，亦當償還前負。若算本息，前負已越十年，數反過之矣。可歸告汝主。」比出部，内相拉同儕六七輩，伺於馬首，余揚鞭過之。

明日，言於大司寇嚴公。公以此輩無狀，又侍御有成案，勸令曲處。余曰：「本負冤求直，既得情，豈容不直之。」公曰：「勿觸若輩，遺衙門辱。」余執議如初。越宿，待漏於端門李近泉所。此内相者，先從彼候，見余至，以頭搶地，稱實有前銀。余笑曰：「第發汝姪出證，銀即可得。如前負何？」内相曰：「本是至親，惟憲臺亮在下心耳。」余曰：「已亮之，我爲若修好，何如？」遂趨出。時同年顧涇陽曰：「吾今日知西曹之重也。至使内相叩頭，不已重乎？」抱狀者竟坐誣。令其人具數金，往修舊好，默寓代贖意，其人喜見天日。大司寇聞之，曰：「不意初官乃能如是。」

3 邳州陸世勛開雜貨行，賣有制錢，地方不用。有鄰人某，聞京師錢甚貴，將妻質當錢三四萬來京。東廠捉挐送部，坐以私鑄，大辟，並欲移文彼中，首坐世勛。余謂私鑄錢，誰敢攜入京，自干重典？且視其體已無完膚，堅不承服。因請於大司寇嚴公，擬越關罪，而以所獲錢萬餘賣價贖之，世勛免究。公許可。其人在禁乏食，余託主者食之。苦無紙價，押發南城，令就捨飯寺度日，不爲追取。後逃回邳，時已昏夜，適世勛改賣其妻，將行矣，見本夫歸，遂不他適。余過下邳，同年陸君世勣談其事，云其人夫妻日夜祝山東司李公，疑是余，將令叩謝。余曰：「此同寮同姓者，非弟也。」移舟避之。

4 膠州有二人共解一軍，過大同。其軍，訟師也。會大雪難行，兩人憂乏路費，其軍給之曰：「此中張司理，我鄉親。若我得見，乞一書送該衛，討取收管，汝可無行矣。」兩人許諾。已而果得回文，赴兵部回銷，查係假印，送部。余疑其印文與各衛所者不同，移令鑄印局驗之，一爲「道經師寶」，一爲「武安王印」。亟請於大司寇嚴公曰：「兩人私造衙門印信，大辟奚疑？今非衙門印，無死律。此皆鄉愚，爲訟師欺騙耳。宜宥之。」遂得釋。又恐原籍見譴，給照回家。

5 余在祠部，有含山縣民領解藥味，失批，懼不敢歸。縣收其家屬責取，其弟之京告辨。余查前藥已收，但縣解銀一十三兩有奇，該庫止照時估，收銀五兩零。恐餘銀坐侵不便，移文該縣，第云藥味俱已收訖，不註銀數。文到，家屬即放。因託王貢生過余拜謝，謂此事非奉部文，母妻必斃獄中矣。余笑曰：「是何足爲德也。」

6 王府名封，關係最重，奸弊甚多。每位來請，即將軍、中尉，亦費五六十金，往往揭債充用，徐以祿糧抵償。一經覆勘，費亦如之。貧宗至有終身不得請，或併子孫俱廢者。儀部專官一員，按季查對，稍不加慎，吏書得以爲奸，匪濫即枉。余查對三季，俱係躬親，凡擅婚濫妾之類，據吏書開報應勘者，有一千餘位。余細加檢閲，移取宗人府紅本對之，内有一百二十二位原無差誤，止因禮科抄承，倩人謄寫年月數目，並寫小字。如萬曆十二年成婚、十三年生子，抄内訛寫生子十二年，即報擅婚。又如慶成王府第一子知焕嫡生，第二子知煥庶生，各自一位，乃報知煥爲濫妾所生。諸如此類，並皆誣枉。余對明白，説堂請題，大宗伯沈公覆閲而歎曰：「仁人哉！不惟革吏書夙弊，成就各宗禄糧，且省使費鉅萬。真莫大功德也。」各免行勘，類題允行。

7 六保有貧人王回，刈草爲生，崛强不服區主，區主張銜之。一日，乘其竊草，使人往奪其刀，誤傷印堂少許，乃以拒捕傷人告縣。已而傷漸平復，取艾灼之，邑父母劉公見其焦爛，擬絞詳允。久禁在獄，余心知其冤。後劉公選入臺中，一日謂余曰：「弟無子，豈治邑時有冤民耶？」余爲道其事，但不言其姓名，囑以傷痕爲驗。劉悔失入，計無所之。余令言於按吴李公，尋以書報，知釋之矣。

8 余守荆南。澧州民姜堂，有分居之僕姜興，歲荒盜穀。州從堂責取，興坐斬。半年後，興復扳堂，就興家追穀六斗七升爲證，堂亦坐斬，監禁三年。余謂搶穀既爲饑荒，何日久不聞，又不留於堂家、留於興所？且當時夥黨不供，興亦不報，乃於半年後發之。明挾捉獲之仇，會各犯俱斃，無可對質，故報私怨耳。會按君審録，開報，釋之。

9 洞庭大盜劫殺商人席某等，船斷兩截。一截浮岳陽樓下，存船户一人，渡子張福祖救之。一截浮君山下，有孝廉姜性，讀書山中，薄暮散步，聞求救聲，令僧某等救起商人趙某。此春月事也。趙歸報席之子來收父(帳)〔賬〕，其子疑趙與謀，偕至岳陽。適有浮屍二軀，先以冬月埋道旁。其子生員，疑是父叔，訟於同鄉右方伯劉公晉川，批行岳守李蘇，會同襄陽司理薛曜究問。岳守懼入孝廉姓名，謬以書手張信代認，初情遂掩。而薛又欲自爲功，鍛鍊誣服，各擬斬罪。相繼死囹圄者十餘命，僅存福祖等五人。侍御李公行余及巡、防二道會問。余反復獄情，趙既謀席，何不併收其賬銀逸去，反歸報其子，自取大辟？此必不然。及訪輿論，福祖之救船户，原因樓上人呼之移舟撈取，及登岸，先投一老嫗，再宿，依同府相識船歸。余檄李守將各證提審，供吐相同，遂改原擬釋罪。又恐乏食，囑巴陵令王雲龍〔一〕日飯食之，毋令瘐死。申請李公，疏上報可，五人並釋。

10 岳州陳陵磯東去八十里，盗劫客船。有貨郎二人，宿於磯上娼家。是日早，被百户江澄清拏充前盗。盗夥原不識認，問官誣服擬斬。余陪按院李公審録，偶聞江百户巡捕，唤而詰之云：「盗所距陵磯甚遠，彼中五更失盗，二犯安能於是早，逆流而航八十里之遥，遂宿娼家也？」江愕不能對。因入言於李公，唤江面詰，無詞，二犯並釋。

11 澧州有保正，暴横於鄉。其從弟出首惡跡，内有强姦其妻一款。該府據擬大辟，招解到道。余鞫其弟，夫妻僉云强姦是實。余詰之曰：「汝既受此大辱，宜即具告，豈可延緩月日？即告此一事，自當重擬，何必摭拾多端？且强姦不列首款，移置中間，反似爲人重於爲己，種種可疑。況係指姦，原無證佐，難以依擬。」駁行該府，令於嚇詐諸款各有執證者，從重坐之。後改遣戍，衆皆稱服。

12 余守嶺南，有廣州府軍人李辛之姪，與一豪僕登城語次，偶及其陰事。豪僕怒，推墮城下，折傷一腿。當被地方報道，唤令保辜。限外二日身死，母妻相繼具詞，三年未結。辛告於制府戴公，行道批府，府以誣告坐辛，招申到道，業已駁回。時余駐南雄，夢有人在耳畔稱冤者。時方夜半，即起視南雄審過囚册，並無可擬。復寢，又聞稱冤，再起檢查達曙。隨傳府官進而問之，恐有未送審者，對以無人。已，查本日收過公文，見有廣州前事，仍依原擬，又即駁回，冀與昭雪。比歸，明告廣守方君。渠以死者母妻既逃、屍棺又失，難以懸斷。余謂此正弊端，相應根究。乃方君衹改兇犯徒罪，李辛杖決，躬自遞招，力求允轉，且云制府寛大，必然依擬。余笑曰：「此中有冤未伸，恐當見駁。」守固請數四，勉爲呈詳，果駁再問。亦見余兩次批詞，不便依擬也。後屢催廣守，終於不報。聞有勢家爲之掣肘云。

13 新會縣有兄弟二人，盜將自己賣過族兄户田二百餘畝，冒作其妹奩田，嫁於鄉官陳某者。陳以取租不得，捏作搶奪告道，批府招解。該府徑坐其族兄贖徒，將前田斷歸陳宦。余面鞫陳僕，既無文契，又無原中，似難准信。及閱族兄原買族弟二人舊契，驗對筆跡相同，知盜賣是的。因駁府改擬，前田仍斷歸族兄。其人仰天大呼曰：「今日始見天日！」

14 清遠縣有鄧永信等二犯，以船户謀人，擬斬，奉單數年。余閲招情未的，會陪巡到縣，偶聞捕盜尹指揮以二犯被執之故，大與招情不同。及詰二犯執獲地方之人，又與指揮所言互異。況淩江謀人，俱係船户下藥食鍋，當即身死，二犯又以搭船代爨，被毒船户二人後各病故在家，情並可疑。開報按院李公，竟爲釋放。

15 新會有一富户，無子，族衆議立姪某爲嗣。甫過家，其嗣母弗受也，信憑妹夫陳百户，將田六百畝捏作賣與鄉官何直指家。何欲退田追價，告其嗣子。余行府招解，嗣子年方總角，泣訴入繼未幾，不知前田有無，並未立契出賣，曾不見賣田銀兩，何得着某追銀？情願不繼歸宗，且泣且叩。及問原中，即寡婦所私陳百户也，懼不能出一語，而在證族人亦俱默然。始知前田未賣，寡婦特借以破散家財，使嗣子不得承受耳，駁行再問。時鄉官方按吾吴，封君面懇，不聽，遂深啣余。而嗣子已得免矣。

16 南海有一寡婦，家貲頗饒，無子。其夫之弟跛足，只有一子，難以承嗣。遠族有一生員某，素善刀筆，欲以二歲幼子捱立爲嗣。入門未久，此生即來管理家事，斗粟尺布力制。寡婦不得自由，情甚不堪，遂爾懷怨。此生輒捏無影醜聲，告院行縣，將寡婦拉至公庭，數受窘辱。縣斷授田三百畝與此生，退還嗣子，申院依擬訖。意猶未厭，復捏寡婦換田情由，告院行道，批南海解報。該縣委巡檢查勘，原係腴田，並無更換，取有各佃甘結，具申。渠慮情虛，中途邀取司文易之，當被巡檢檢舉。該縣但以邀取公文擬罪，仍歸前田，招解到道。余謂倫序既不相應，嗣子又已返去，受田何名？且子未有一日之養，其母先加不諱之名，於義可絶。再審親弟已生次子，理應承嗣。遂將前田斷給與之，此生姑降青示警。呈詳，按院允行，仍抄招付其親弟，以杜後詞。人情大快。

17 南海縣民有一女歸寧，適海盜劫村，驚走出外，被一棍拐至清遠縣，另賣與人爲妻。相處八年，生有二子一女。先是，前夫告縣，其母與二兄受累日久。因縣賞粘貼各處，偶鄰人過清遠，見此女，來報，遂聞之院道。問官訊之，其女堅不承認，反以誣坐母兄。後又告，制府行道，余批韶州府提問，坐誣如前。余心疑之，駁行會同清軍官覆審，解報，仍坐母兄贖徒。余親鞫之，女復不認，但見其母辱罵此女，女回面轉側，不敢對罵，情似可疑。因薄暮，發出，令早堂赴審。開門後，密囑兩捕官曰：「昨見母子形貌頗相似。審時當分付同行上下甬路，你二官但看有某處相似者，高聲報知。」於是一官或報眼角，或報口角，或報鼻孔，種種相同。余因厲聲謂其女曰：「各處既同，真是母子。如再不認，即唤匠刺血！」及至行刺，其母慨出一手，女手竟不肯出。余曰：「是矣！汝今不認，只爲改嫁已久，子女難拋。若認了母親，姑不斷離。」且發出。迨至午堂，府官入謝，謂母子兄妹及後夫俱已承認，相拜成婚矣。因請失入之罪，併問神斷若何。余笑曰：「此事亦偶然得情耳。」遂寬其夫罪，而重懲拐賣棍徒，母兄俱釋。招呈制府，深加歎異。

18 曲江縣民譚大韶，與生員劉僑告争墳地。譚稱劉發掘祖母屍骸，劉稱譚發掘曾祖屍骸。問官未（辦）〔辨〕骸骨男女，又無的確證佐，竟坐大韶爲首，重辟，二子稟生爲從，一死一革。余閲招，兩駁府官再問，皆畏劉挾制，不敢昭雪。迨陪直指李公審録，先一日吊審此獄。僑恃口辨，輒行狂呼。余曰：「汝爲祖宗報讎，此孝子順孫事，難禁汝言。但據我細閲招情，罪應坐汝，而反坐譚。譚年八十，旦暮人耳，不能與汝執辨。若死，必訴之上帝，能無冥報乎？」因以天理地理、陰地心地之説，反覆諭之。僑遂叩頭不出一語，但云「憑爺」。余曰：「向汝心知而不改口，懼反坐耳。今爲汝寬之。」僑益感謝。明日，直指閲僑，僑對以「道爺斷明」，大韶遂釋。後述其事於學道朱公，公欣然謂余曰：「父以冤釋，子亦當以冤復矣。」爲復其見在一子廪生。又，其孫年長未婚，具告外家匿賴。余行府審明，斷給完娶。三世沾恩，一郡歎服。

19 嶺南，惟廣州府與南、番二縣監犯極多。多不審理，坐斃囚圄者每年無算。余心憐之，因審録事竣，請於按院李公，令分委三推官，將未經送審各犯逐一查審。内有情真罪當者，即爲定擬，具招申道轉申，其事未確及年遠無證者，止由報本道覆核，或量行釋放或保候，不得一概淹禁，致死無辜。公深以爲然，如議行之。一時釋放及召保者五百餘人，犴獄稍清。

20 韶州府有盜案二十餘人，累年鞫審。失主既不告明贓物，又未搜獲同夥，質對言語參差，致未成獄，斃者過半。余再三推勘，終屬可疑，請於按院顧公，並釋之。

21 吴川之亂，守道盛公信顧倅之言，將擒獲各犯，以通倭攻城論擬八人。呈詳制院戴公，批允處決。及詳按院李公，批行再審，而人已決矣。其餘尚有三十餘人，行司覆問。余逐一問所從來，内有執照及路引者，當擬釋放。其至稱某處營運、某年出外，本管某人、房主某人者，即移文各該府縣，連人發彼，查審明白，取有文結到司，申院釋之。

22 瓊州府以海中飄來倭船一隻，内有人三十餘名，呈報按院林公，連人押發到省。余取通事譯之，人俱漢語，審係先年有倭船到府，陸續搶去各縣鄉民，裝回賣與倭奴種田。日久人多，各思回籍，相約日期，盗取倭船泛海而歸。所據口詞，皆有本管地方鄉名人名可證，並非倭種。因詳院行府，令發各縣，逐一提取里保，查明放歸。

23 余在東藩，有典吏趙國定，委收太山頂廟香税，失去櫃銀五百兩。擬徒革職，監追盗賍，年久未結。國定訴院，批司。余行濟南，屢催不報，令具由解審。余問經手店户楊寶等三人，前銀某該若干、某該若干，各幾錠件，何日交割。三人俱係頂名，推諉不知。余謂失主證盗，何不到官，中間必有别故。且該州店户，多有以磚瓦土塊充銀入封，致被檢發者。或者前銀原無此數，國定又失查點，遂懸坐之，亦未可知。嚴提寶等到司，果未交盤明白。錢糧例問經手，監守自盗，當坐三人，於國定何與？寶等俛首，願陪認罪。將國定改擬，放回原籍，且給脚力，送其老母出境。

24 青州府博興縣，先年有二張勝，同年問軍。一遼東右衛，子孫見存；一德州左衛，子孫故絶。德州王千户，徑以遼東張勝之子孫，改作德州張勝之軍丁，誣以棄運脱逃，申呈。撫院黄公行按察司徐公究罪，招申，批拘着伍。本軍不服，屢次攔街哀控，告批濟南，余准行清軍孫同知。孫稟，籍係青州，招成憲長，不敢承問。余謂據告似有大冤，永軍豈可兩認，因發二替軍册，令其備查。始知本軍果係遼東，名具册内，例難移補德州。具招詳司，轉詳撫院，黄公歎曰：「幾誤人不小！」遂釋之，着歸原伍。

25 歷城汪宗海，與諸城丘姓者結拜兄弟。丘入省城，必寓汪家，偶以病卒。汪爲經紀其喪，所費頗多。其子久負不還，催取成怨。後其子過省，汪與争毆，適遇糧道靳公之子，失於回避。入報父知，心已惡之。而丘有族人爲靳同年，遺書告道。以余方嚴禁「十虎」，凡告得實者，綑打枷號，重則遣戍，遂以十虎具詞，該道問擬招解。余細閲招情，二人既有夙好，其子竟負前銀，曲本在丘。雖兄弟聚毆通衢，兇暴可恨，似與十虎平白嚇詐毆打者不同。姑免綑綁遣戍，重責四十、枷號一月，發配滿放。汪幸獲全，因尸祝余，而該道則心啣之矣。

26 山東藩司有吏劉燦然，不認生母，其母來告。余行府審問，以冒認擬徒，已批發矣。越宿出門，母復哀訴，後且攔街屢控不休。余視其面貌，與燦然相似，因收其詞。燦然赴堂，苦稟生母早死，此婦乃後母，改嫁一人，生一女，見今賣姦，向不往來，豈容冒認。余曰：「非母認母，與非子認子，皆非人情，但未有面貌如此相似者。想汝爲他改嫁賣姦，不屑認之。又向不往來，汝妻必難相處耳。若以生身之恩，歲周其急，免令到家，以待天年，併完大事，未爲不可。我不究問，且與各吏議來。」次日來復，云燦然遵命，歲以五金周之矣。當時尚疑劉爲勉認，迨余移鎮寧陽，燦然冒雪送過三程，涕泣叩謝而去，始知心服。

校勘記

〔一〕王雲龍　按，本書卷上釐弊、卷下保全記同一人後選授御史，「雲」皆作「夔」。明神宗實録卷三六八載，萬曆三十年王夔龍選授御史。「雲」，疑當作「夔」。

三十六　辟邪

1 余初設館於陳墓之朱氏莊房，重樓疊樹，封閉年久，又四顧無鄰。里中人僉謂，日晡後，輒有朱衣者往來中堂，戒莫敢入。余館其中，每諸生散歸，燈火未至，蕭然獨坐，風景淒涼，絶無影響。

2 余典宣化坊顧茂才房。人有言此房多祟，又多蛇蟲，不利居者。余不聽，就而居焉，家口相安。癸酉發科，一夕，姆母抱長兒坐於卧所，劉夫人秉燭入，見有蛇糾結大如盤，畏而卻走，忽不見。遷居後，僮奴輩啓視寢室之下，果有三四大蛇。日寢處其上，幸不爲所毒。

3 余家西寺巷口。萬曆戊寅秋，偶過馬水部家夜坐。有家僮李受，爲鬼物所憑，求祀甚亟。先大夫以杖擊之，不止，既而驚曰：「爺至矣！當避之。可食我於後門。」言未畢，余叩門入，家僮已醒。訊前語，皆不記憶。

4 武林督學署中，舊有妖狐厲鬼爲祟，人見之輒病。余居三載，曾不得其形聲。嘗宴坐四虛亭中，景物陰翳，風雨淒其，竟日無人侍側，亦無聞見。聞者謂，年來竄伏鄰署，似或未然。迨後聞有白日現形，以朝衣朝冠坐於屋上者，斯甚異矣。

5 萬曆辛卯，校士台州。余寢室例無一役入室，終夕宴然。尋有常中丞按部，甫駐一日，夜起，呼榻前兩門役取履不得，取靴亦不得，檢視冠服，俱無存者。詰旦追尋，乃在庖湢處。心惡之，遂移按他郡去。後司理劉君，問余在署相安，始爲言之。

6 澧陽公署設在州西，内多喬松，陰森蔽日。前任諸公，每夜明燭，令僮奴瞀視，門隸嚾呼以防狐魅，往往不免。余三載於兹，内庭清晏，衆皆安眠。即披公牘至夜分，獨自來往，亦竟寂然。

7 廣東臬司官衙，堂前左右皆種竹，西清一帶更幽。相傳以爲，有大蛇作聲、蜈蚣放光之異。余任三年有奇，一不聞見。歸晤本道公祖鄒公隆望，首先問及，謂往在彼中，房内蛇蟲甚是可畏，今當若何。余曰：「未有。」公訝之。

8 余移鎮濟寧州巡漕，察院是妖狐之窟，向無官府住居者也。牌至，州人莫不訝之。比將入看，司者聞諸狐從空中騰去，別徙路家。已，又欲徙鄭鄉宦宅，因其不允，作聲曰：「吾有家口百餘，向住察院。止讓李爺暫住，因借汝後樓居之，何不容我！」須臾火起，大樓七間併什物俱付煨燼，復徙於總河衙門。迨余歸，甫出院門，又從空中回院矣。計移鎮十月，寂無形聲，家口安帖，人咸以爲異。

三十七　解厄

1 余十二齡，隨先大夫寓五保金家堰，濱臨大河。一日，奉先妣王夫人命汲水河干，忽墮入水，已濡首矣。此地絶無人跡，無望手援，偶有顧明見水花浮動，投身撈起，幸不滅頂云。

2 萬曆壬午春，余以先大夫之訃南奔，距淮陰僅里許，舟膠於河。募數十人挽之，竟日不移尺寸。余爲拜禱，須臾浮動，移宿淮陰。詰旦，天風大發，直抵瓜洲，日猶未晡。

3 甲申冬孟，余北上，過呂梁。舟膠中流，榜人悉入水推挽。時天寒風厲，以酒勞之。竈突炎上，人不知之也。偶聞隔岸見呼，出視之，火勢已熾，幸爲長年撲滅。亡何，舟亦移，泊於岸。

4 乙酉秋，余以客部郎典湖廣鄉試。八月十六日夜場前，火起，延燒外供給所，光焰燭天，謄録生俱升屋散走。同事張翰檢應元，約余乘後墉出避之。余曰：「不可。」因南向望火而拜，火隨滅。

5 是秋，楚闈事竣，便道還里。行次馬當，日色將晡，忽大風晦冥，波浪兼天。余與同事張公時時傾仆，舟人震恐，哭聲相聞。余拉張公拜禱，須臾，稍得辨色，見舟近江岸，疾如激矢，而崖石巑岏，恒懼誤觸。私計得一洲渚，或可暫泊。忽突入一河，膠於淺渚，即舟猶震撼，而已脱陽侯之難矣。計漂蕩江中凡徹夜，距風起之所，已越五六十里而遥。其不葬魚腹者，幸也。

6 丁亥冬，余習静於京邸，不入内者餘月。適饒陽李生來訪，期以午酌。渠有事，薄暮始至，留宿余榻，余因入内。内無煖帳，尚用涼幃，余和衣卧。至中宵，忽一韤自解，覺寒而寤，見室有紅光，乃西房内起火也。信手探得鎖匙，走而啓視，勢已燎原。時僮奴外居，各下扃鑰，唤之不應。乃自抱氊幃布褥等物撲滅之，一僕起而升屋注水，烟焰遂息。詰旦，鄰人無一知者。是夕也，藉令李君不至，或至而不宿，即宿矣尚有别榻不入内，即入内而有煖幃，或解衣或襪不解，或探不得鎖匙，岌岌乎殆哉！天之巧於捄災若此！蓋自幸得天之厚也。

7 丙戌秋，太宰楊公壽日，余偕同官投刺。甫出門，見户曹數十餘人前來，遂上馬。足未入蹬，馬亟走，因墮下。户曹群馬奔騰，見余在地，俱卻立不前，幸免蹂踐。

8 己丑冬，考試四明。夜半，忽報火起，紅光滿室。踉蹌出堂，知火起西街，燔民居百數，僅隔公署一墻。署有蓬廠明窗，皆用油紙，延燒尤易。郡吏叩門，請攜卷出避他所。余弗應，第向火拜禱，須臾，雷雨大作，反風滅火。

9 甲午夏，余謁鄖臺，還次麗陽。會天雨連綿，山水漸漲，舁夫望見水勢，逡巡不前。余以入賀期迫，叱馭前往。適游徼二十餘人來迎，命掖肩輿過水上。甫抵河干，而西來諸水建瓴而下，陡高丈餘。行人阻水次日久，多至絶糧。余之獲濟，似非偶也。

10 甲午夏，余以入賀，行次金口。家眷另載一舟，夜俱下扃。内有執爨者，不戒於火，中夜火燃。家衆安寢，偶有夫役臥於桅側，覺而下瞰，知爲火起也，而號於衆。衆以水灌之，一家二十餘口幸而獲全。

11 癸巳夏，余禮玄嶽。過清風崖，壁立萬仞，緣邊一線逶迤而上。心膽稍寒，且舁夫喘促可憫，亟命下輿。一足未展，後二人曳輿而走。余斜倚石壁，見前一人失足，以手援之，幾墮懸崖之下。至今念及，猶爲變色。

12 北方州邑，十里必建一牌，用識道里。余以入賀，出景州道中，肩輿方度，一牌遂傾。少緩，幾爲所中。

13 丙申春，余總黔臬。退食時，方檢簿領，聞外風聲甚烈，且有烟氣。起視庭除，見庖湢火起，直透明窗。急呼僮奴取水灌救，得免延燒。

14 黔臬堂皇頗敞，年久將頹。一日，甫出照屏，忽墮下一木，去余肩止有尺許，幸免見傷。

15 丙申夏，余還自黔，浮江東下。天正晴皎，見有片雲從西北來，大洋茫蕩，心甚危之，悉力前行。至二十里許，轉入一洲，舟方半泊，黑風濁浪揭地掀天，勢甚震恐。幸保無恙。

16 黔中回至（沆）〔沅〕州〔一〕，州有大溪，浮橋駕於其上。會天大雨，溪流湍急，乘夜履危得度。入城後，大雨連綿，橋斷水漲，半月難渡。余蓋徼天幸云。

17 戊戌秋孟，余補官南還，渡黄河。河流淤淺，南風又競，舟經二日不前。余整衣冠，焚香拜祝，願假四日順風。祝畢拱立，儼對神明，從者報舟已移數里矣。時風色頗恬，果以四日入清江浦，風復大作。比至瓜洲，見江中巨浪，絶無行舟。余拜祝如前，須臾風静，入更，水平如掌。乘夜渡過，甫進京口，而兒子亦至，若有期會云。

18 庚子夏，余以賫捧發廣城。會積雨水漲，勢高且猛，溯流孔艱。焚香禱於舟中，已即開霽。行至香爐諸峽，有大廟磯聳出江滸，奔流鼎沸，榜人懼不敢前。乃併兩舟夫力，牽挽而上。觸石斷綆，余舟反走數里，兩涯巉石甚多，幸不見觸。家眷一舟泊岸，適查觀察舟亦以走溜突來，相去咫尺，渠舟忽轉左方，若有爲之驅者。迨余舟挽上過磯，忽天風相送，得以前渡，家眷船亦以風送獲前。一時共慶。

19 粵東入賀，舟次平圃。先是，次男左乳生一白窠，作痒，人不介意。未幾，遍身色紫，口眼不開。曠遠無醫，偶遇盛大參船至，彼此相拜，余爲言之。渠帶有張醫在船，延過看視，云此係乳疔，過一日不可救已。時因無藥，令先取蜂蜜、蓖麻子二味護之，無處可索。家人云，端午解粽，曾收縣送蜂蜜。舟子亦云，帶有蓖麻。張醫遂將二味先敷。詰朝，買藥人還，一貼乳上，少頃流出毒水，遂愈。

20 度嶺行至南康，易江船前渡。臨卧時，將椅卓疊起，余偕次男同宿。時天未明，男忽起身他徙，椅卓一時墮下，頭面幸免重傷。

21 乙巳，赴任山東。舟次夾溝，發漏。家人早覺，將行李俱發上岸，幸得無虞。余遂移家眷船内，會黄流大決，一望瀰漫。舟將到閘石，尤震蕩，幾至觸石，舟中之人無不驚危。幸而獲免。

22 山東左轄時〔三〕，有童子拾三四花筒，併放窗楞上。夜半火起，延燒及檐。適一家人起身見之，撲滅。迨轉左轄，小婢子將油紙撚插於西窗壁間，房門已閉。外見微烟，開門視之，紙撚之火直透糊壁紙内，勢將上燎。隨以水灌之，方止。

23 己酉冬，入覲在京，家中失火。火起於東鄰，東風方急，延燒門面，將及花樓内室。適男在家，向火禮拜，隨反西風。時有顧君在隔河，望見余屋脊上坐有一偉人，隨從數人指揮火勢，幸免煨燼云。

24 辛亥，回任山東，舟次萬家閘。時以水涸，余令人下板，積滿方開，放過回空糧船三百餘隻。水又將乾，榜人挽舟而上，有湖廣旗軍來争放閘。鳴金聚衆，抛打磚石，持挺擊碎窗板，毆逐榜人，童僕盡爲逃避。又放火船頭，烟焰薰天。家眷驚惶無措，余整衣冠，獨身出諭，勢尚猖狂。後見員役來救，以漸散去，始獲安全。余原在前船，因是日要卜水陸二途，攜取冠裳過此，卜畢仍攜冠裳先往，而前船已開，遂留此船，幸解前厄。不然，幾成煨燼矣。

25 癸丑，移駐寧陽。廚房間壁，有老嫗收拾燒存木柴，閉在房内。餘燼復燃，烟衝在外。適一義媳見之，啓門救息。

校勘記

〔一〕沅州　「沅」，原作「沆」。按，明無沆州，貴州以東湖廣有沅州，舞水所經。據文意改。

〔二〕左轄　按，據下文，時在任左布政使之前。「左」，疑當作「右」。

三十八　降真

1 甲戌，余妹病，接回延醫，百藥不效。因請關神，判「進萬里香，謝樹頭土，秋分日愈」。許即舉行，前病遂已。

2 萬曆丙子夏，余館吴興。聞劉夫人病，一日夜馳歸，見夫人憒憒，兒女相持而泣，醫俱束手。因亟請吕祖，夜半降乩，即以案上香茶桃三品并書一符入酒中，令余炊而以乩亂攪鍋内。待沸，盛之入，令掖夫人起，運乩印堂，將前酒灌入。夫人性不飲，飲輒盡，且云香氣襲人，味甚可口。越宿而愈。

3 戊寅夏，劉夫人復遘危疾，仍請吕祖。判方，用一莖草，對節生葉凡十有七、上開紅花三朵者，擣汁服之。問産何所，曰：「從壇前起，行至本山，計三萬二千七百步，可得也。」詰旦，與表弟孫後橋偕行，各袖豆合許，默記步數。遶山行徧，未及萬步而雷雨作矣。抵家再問，吕祖曰：「吾姑試汝之誠，不必復爾。第於東山之三茅殿上，從西數起，得瓦楞一十有三，此草在焉。」晨起，如其言往取，果得之。一服而愈。

4 余鄉會被人割卷，下第。己卯會試，欲更名，請於關神。神曰：「汝名已登天廷，不必更。」庚辰，果以原名登第。時長男年幼，問將來成否，判云：「他年如欲發，堂上長連枝。」後庚辛連第，在次男、四男生後。亦奇驗也。

5 長男推命，云有關煞。問於呂祖，判云：「仙橋得度羊兒去，回首蓬萊雲滿衣。」明是無關。後官詞林，此登瀛之兆也。

6 乙未歲中，奚甥從它所請仙，呂祖寄贈余詩，云「平南披露化魚飛，一着先機貫顯微。伏節雞林沾霈澤，承恩鳳闕帶霜威。玄珠日煖芬丹桂，赤水春融遶紫扉。清白箴聞名譽重」等語。時余在楚，尋還貴竹憲長，貴爲平南將軍地方，赤水其衛名。亡何，以參知調用，似仍遶紫薇也。余生平勵節，不使人知，自被言，楚越卻金之事，藉藉長安，清白始有聞矣。

7 戊戌，呂祖復贈詩於奚甥處，云：「手持一竿弄明月，驚起飛魚躍龍窟。片雲薄霧助神威，轉翮翻身朝帝闕。」是春，甫入京，即得銓補。

8 丙申秋仲，余病瘧，諸藥不療。延請仙真，適何祖至，以乩運額上數百遍，書符一道。是夜寒熱止，獨腦後尚苦岑岑。越三日，復請呂祖，判曰：「吾爲汝愈之。用一草，其葉如蔴又如桑，生於水次，秋開紅花。從季大昌街南取來，搗汁，和陳皮、半夏及一符，於四更時分吞下，病可已。」因命家奴往尋，果得一草，如所云狀。依法服之，遂愈。

9 余甲辰覲歸，已無出意。七月内，以他事請呂祖。時余屢推山東、福建左伯，俱不下，呂祖示令復出。余曰：「今明旨久俱不下，有何望焉。」判以十月中當下。時因楚事，概下諸疏，余亦以十九日奉旨，如左券云。

10 余有二女，各患腹痛已六七年，百藥不效。會余出巡，一夕，内眷夢關神降臨，持劍指畫，家人畏而伏地，神曰：「我特爲二位小姐來，勿畏也。」須臾而醒。是日，二女腹痛並愈，至今不發。

11 本年八月，爲住宅請關神，判云：「四井不利，宜塞。」隨以乩指玉蘭樹下，云内有石有泉，可浚井，爲記認。明日，使人浚之，上有一小石，下有三泉眼。水極清冽，天旱不乾，一家賴之。

12 是日，關神贈余詩云：「海上彩華正好玩，歸來衣錦作中丞。」初不解之。迨轉中丞，例於春中觀兵登州，必見海市。而余於壬子冬月先被人言，遂謝事不往，無由得見。尋即歸田，詩詞始應。

13 余自乙巳赴東省，庚戌覲回，決意不出。彼中兩臺屢次行文守催，拒不相見。至冬間，奚甥寄有呂祖長歌，勸必再出，詩意似主開府。余尚未決，而守催者又至矣。因令二男往彼躬請決之，判云：「此行大有進步，不必拘拘。」且謂術者選二月廿一出行、四月初八回任，必不可用，當用三月初三日行、四月初十日任。如期啓行，舟抵加口，近日方開，知二月尚早。及查初八内有惡曜，不若初十之吉。尋晉中丞，進步不小，前判俱驗也。

14 辛亥冬，余腰疼復發，甚重。次男眼上生一核，甚堅，醫不能療。又禱雪未應，恐明年復罹旱蝗，且俸過不推，時有去志。因請本司土地決之，判示二方，尅期取效，雪約除夕，陞在明年，當代閩人，且夏秋大稔。一一皆驗。

15 庚戌九月朔日，余以病痔脱肛，諸藥不療，疼痛之極，寢食俱廢。虔請呂祖，賜方及符，以香水同煎三服，戊申日愈。如法服完，至初五日夜分猶未減可，四更，忽睡去，醒而按患處，已霍然矣。查曆日，初六果是戊申。

16 壬子春，復請呂祖，問以陞信。判云「陰人作阻」，指太宰孫公，且云：「世事棋局，非其人則易耳。」及問得旨，云在四月中丙戌日。後孫公去任，易以趙公，會推東撫，果於是日命下。

17 壬子冬閏，四男痎下有二核發腫。余請本院土地下壇，判示以扁柏、雄黄，和香水浸而敷之，用苦瓜蔞煅灰併山查肉，香水煎服。不旬日而愈。

三十九　徵應

1 萬曆癸酉春，先祖塋内每夜火光照灼，望之如建一大燈，行者迂道避之。是秋得雋，火光遂熄。

2 癸酉八月中，每早有慈鴉數千，遶屋飛鳴，去來者三。報捷方已。

3 甲申冬，起復赴京。舟次天津，欲覓鮮魚祀神，不得。行至河西，責成僮奴必欲收買，即價高不惜也。地方人謂，河冰將合，久已無魚，今安得有？忽舟子見流澌内有一大鯉，以篙擊之，遂躍入舟中，用以爲祭。見者共詫其奇。

4 往在澧州，夏大旱，管守祈雨，一月不應，百姓憂惶。適余陪巡回，躬自虔禱。甫二日，方詣壇禮拜，大雨滂沱，四郊沾足。華陽王題詩紀頌。

5 廣州北門内有觀音山，上建大士及真武廟二區，歷年已久。三學諸生疑於來龍有妨，致文運不振，具呈按院顧公龍徵，行查。尚未議覆，諸生私自聚衆，徑往毁之。一日，余在本道，聞門外有大聲疾呼救難者。余遂出堂，見有黑面大身一僧跪門，詢問爲何，曰：「菩薩有難。」問何菩薩，曰：「觀音見在山上受難，請爺往救。」余驚異而出，隨傳方守到衙，令往禁住。守去復回，云諸生人衆，禁不能止。余亟約陳左伯同行。比至山前，有數百人争拆真武廟，像俱毁，毁及大士廟，僅存金身，頂珠已竊。諸生見余二人至，方退避下山，人亦俱散。余問本廟住持，先已遁去，良久方還，不似前僧。及問前僧，俱云：「没有。」因分付地方協力看守，不許諸生人等再來擅毁，違者拏解。事遂寧息。未幾，有一黎春元剏議修葺，余先助以十金，聞者各捐貲以助，三月告成。余同陳左伯往謁，廟貌一新。

6 廣州從化縣有鑛山，被棍徒奏獻，奉旨着中使李敬開採。余已行府僉鑛商九名、鑛夫九百名，採過半年，每砂一斤煎銀五錢，大是有利。原奏劉三槐，假稱錦衣，又私募楚夫二千名，四方鑛徒聞風烏合，數幾三萬餘人。制府戴公檄行本道，調兵五千往剿。余謂此非干戈所能定也，要在相機而解散之，力辭調兵，獨以身往。按院顧公龍徵云：「五千尚少。并此不用，萬一有事，累及兩院何？」余辭之，徑行到縣，縣官稱病不出。

縣距鑛山三百里而遥，余星夜前去。各商人迎於中途，稟請包税，歲納銀五千兩，即監採武弁、縣尉亦以爲言。余曰：「土中之物，有無多寡難料。一與包納，倘遇砂少，汝輩俱逃，中使執券責取，官府何以應之？不如照官四民六之例爲便。」比至鑛山，劉三槐亦來參見。覽揭，係京衛百户，非錦衣也。照屬官例行禮，嚴詰其募夫之失。劉率鑛頭十三人跪乞留採，余不許。劉又稟，願具保結，每夫三百名，以三槐爲首，有事連坐。余示以制府發兵之牌：「我姑請免，而單騎入山解散楚夫。若今不散，大兵來矣。」衆尚乞留，余終不許。旋抵本山，見開有一十八壟。余默禱山靈曰：「名山爲一方之鎮，徒以出鑛，向致鑛徒嘯聚，百姓驚走、田地荒蕪。今又以開採，煩累官民、號召亡命，劫奪鬬争，日相讎殺，僵尸流血，不知其數。且一路諸山完好，獨名山脊破肩穿，毁傷頭額，於山體亦甚不雅。何必出此鑛砂，以遺衆害？」默禱凡三。回至行館，分付馮别駕一面驅逐，若再來乞留，當申嚴約束。先具十七款留廳，俟其苦稟，方與定約，具文申道，以便給示。信宿啓行，往陪按院。按院尚虞有變，馮申文適至，遂給示與之。

不數日，馮來謁見，云：「鑛徒俱散矣。」余訝而訊之，對曰：「自約束後，人情已帖。不意連開各壟，並無一砂。即前次堆積之砂，色變如炭，傾煎亦無毫釐，相向慟哭散去。監採官以猪酒留之，衆云：『爲利而來，無利而去，豈可復止。』竟無一人在山。」余心知山神之有靈，而不敢言也，遂復兩院。已而李敬來索鑛銀，謂先是借過採珠銀三千兩，追作此鑛樣銀，今當見還。余云：「鑛廢夫散，從何取給？」敬固索之，余欲以一官賠償。敬笑曰：「敢當此言！第聞人説，鑛須至十三丈以下方有，今僅九丈，請竟其工。」余復行府調集前項商夫，與開一月，終不得砂，遂止。自後遠近相聞，再無鑛徒到彼，逃民復業。每候本道經過，路口有四五十人，不遠四十里出叩謝。

7 戊申孟夏，山東大旱。撫院黃公與三司會禱，七日無雨，議且暫停。余謂旱既太甚，二麥俱枯，秋田難種，禱不容已，請假親往泰山禱之。公止以無例，余尚未開齋，因請前行，即於二十日從省起程。一路黃沙蔽天，赤地龜坼，三農喪氣，所在閉門，光景甚慘。至二十二日申時，到州西關外，屏去儀從，步行數里，進入嶽廟二門，先行禮拜。時天正晴皎，忽有雨點沾衣。迨入齋宮，該州江守以榼見餉，不收，凝神静坐。門子報山上出雲，余從簷下窺之，見雲氣如蒸，絪緼四繞。須臾天黑，昏時微雨，夜半大雨傾盆。余起整衣，欲赴殿前行禮，水勢洶湧，不能鋪氈。州守請余上殿，不許，仍於水上展拜。里保人等歡聲如雷，僉謂雨澤已足，不必再祈。余以此行原爲一省，恐四遠未沾，仍要上山祈禱。至午，天忽開霽，江守已辦祭儀，只得先謝。次早上山，一至天門以上，步行三里，謁拜元君。青天飛有片雲，滴雨幾點，禮畢即止。是日完醮，越宿下山而歸，一路麥苗生色，赤地半就犁鋤。每至一村，男婦大小多人齊出，叩頭謝雨。回進省城，街坊尚餘積水，人人稱歎。已而通省報至，有八十四州縣俱於是日得雨，麥既獲收，秋成亦稔。江守請余勒石，余以事出偶然，未敢紀也。

8 己酉，又旱。聞滋陽縣聖水井中，有靈石一方，宋時禱雨有驗。遣官迎至省城關外，余約二司府縣並出迎之，供於五龍宮內。次日禮拜，本日得雨，徧及五十二州縣，歲復有秋。

9 歷下舜廟右廂，有杜康一井，忽湧泉上出，汎濫庭除，日深一日。城中訛言有變，百姓驚恐。余出示慰之，秉誠設祭，會同三司往拜之。水勢漸消，旬日如故，人情遂安。

10 庚戌，山東復旱，年半無雨，禱亦不應。兩院敦趣余出，以救災民。余入境，見流民載道，僵屍慘目。念惟得雨方可救濟，預草告文，憂勞殊甚。比至長清，俄有小雨，地方以爲隨車甘澍。尋謁按院馮公於曹州，一路焦枯，兼之酷暑，愁病交加。回抵（茌）〔茌〕平鋪内，雷雨忽作，村中男婦僉謂「年餘不見雨點，爺是何處帶來」，相率鼓舞。回省，即請靈石禱之，越宿雨應，雖勢不甚大，連綿三日，遠近均霑，民情大定。不惟居者樂業，逃亡者絡繹來歸。按院遺書於余，亦有隨車之譽，且云地方當事者藉有顔面云。

11 山東每冬禱雪，多少有應。辛亥之冬，禱而未應。詢之本司土地之神，許以近除有雪尺許，已而果然。且許次春有麥，秋收大稔，一如其言。刻石紀異。

12 壬子季冬，余因謝事，未及禱雪，心常念之。迨移鎮之日，大雪忽降，擁車不前。然猶僅止齊地，魯南未有。比駐寧陽地方一帶，雪餘一尺。吕祖贈詩，有「見白明冤雪滿途」之句，亦異遘云。

13 余駐寧陽，甘雨時降，二麥倍收，秋田豐稔。自該縣境外，雨澤不敷，收獲半之。縣民相顧以爲大異。

14 癸丑冬，移駐濟寧，有雪。迨次年春半，雨澤頗艱。余命州守禱之，不應。至四月二十二日，以交代遺牌，甫開門而雨即下。州民相告曰：「向因天門久閉，故無雨。今天門開矣。」小雨連綿三日，河水遂漲，始便行舟。

四十　祥夢

1 先大夫年三十四未有子，欲祈於普陀，病未能也，乃就邑之馬鞍山大士行宫而朝禮焉。越二年，爲嘉靖庚子冬十二月二十日，夜夢禮大士，見梁上有善才，向先大夫笑，心竊喜，謂「安得是子而子之」。大士曰：「汝喜此子，吾授汝。」手抱善才投入懷中，遂驚寤。時先妣王夫人有娠，臨月矣，先大夫念若得子，當取名寶善。晨起，適友人郁君來謁，攜有一匾，上鐫「寶善」二字，大奇之。郁君云，俟公舉子，以此爲賀。是日午時，余乃生，匾留郁久，迨余舉於鄉，方持賀，今貯於家。

2 余居平未嘗飯僧。一夕，夢登一山，如虎丘狀。甫入門，見樹木鬱茂，梵宇森列。乃詢梅花長老房，有指其處者，問主僧，果梅花長老也。佛前爇香燃燭，有三四僧禮拜不輟。余問爲誰，主僧對曰：「相公忘之耶？此輩長饑，賴相公齋，得不死。感此深恩，日夕在佛前祝讚耳。」寤而自維，不得其事，或佛家前生之説云。

3 隆慶初，讀書真義館中。夢赴東闕，偕數百輩立紫羅城下，擁不得前。已而鋭身突入，見上臨御，香篆絪緼，左右各列大炬，侍衛森然。相國興化李公引奏，余跪墀下，上問：「如何來暮？」余應以人衆難前，李公亦以爲言，上霽威，余心稍稍定。既寤，頗自喜。尋應恩詔，貢入成均，得拜瞻穆廟。然亦不盡驗也。

4 隆慶中，夢見上於便殿，面奏中官劉綸不法事。上怒，以足踢余，叱之下。退立右廂，衆爲余危甚。頃之有詔，仍着中書省辦事，謝而趨出。後參粵藩，見司前一坊，上書「中書行省」四字。適上遣中官李鳳來管税事，余數爲地方力争，不可，幾相訐奏，鳳尋謝過而止。雖不盡驗，稍亦近之。

5 萬曆甲戌下第後，夢陟山巔，見浮屠矗立，面臨大湖，眼界心期，空曠殊甚。轉過禪院，座有彭公時、秦公鳴雷二牌位。方在瞻禮，忽報今相國申公來，亟出視之，遂寤。三公皆大魁，而彭與秦則辰榜也，時頗自負。及庚辰，闈中余卷中第一，七日，申公忽易置第二。此爲之兆云。

6 萬曆戊寅，讀書山館。夢一柵欄内有壽亭侯像，蒙翳沙塵，冠服藍縷，爲之惻然。抵家，偏禮侯祠，俱不類。再過館中，侯復見夢。歸而詢一羽士，云嶽廟中有一像，即往禮之，適與夢符。因加繪飾，延奉於西寺禪堂，歲供香火。是年，夢掣壽亭侯籤，得票籤十一，其籤各書一「喜」字。余以未有文也，請再掣，得一籤，文有數十句。寤時不能盡憶，第憶有「玉之成即爾之成，玉之裂即爾之滅」「戩穀單厚，以莫不增」幾語。

7 萬曆己卯冬，夢萬里晴空，五方各有一金仙，冠帔巍峨，如翔舞狀，光彩炫人，且驚且喜。俄有一鶴，立於庭前，有飛鳴之勢，躍然而醒。蓋庚於五行爲金，金仙有五，其五魁之象乎？中榜名次，似已先徵已。

8 是年冬，余内弟陳詩，夢天上有龍五，分五色，上各有一人騎坐。諦視之，見余騎青龍，翔舞天際。喜而告余，余心念辰爲龍，青屬春，或有可望。後果應之。

9 是年冬，又夢一人持刀欲取余首，余力抗之不得，首被砍去。以手循項而上，另出一首，較前似小。迨醒，項有微疼。春榜，已取首而更置，其驗已。

10 庚辰春正月初二日，史錦衣繼書夢策馬過禮部前，見張榜。余名第二，下註官銜甚尊，而十一名爲同年于文熙，十三名爲張懋修，餘不及記。凌晨，與乃弟給諫繼辰言之，介以來謁。尋餽多儀，欲課其壻，余謝卻之。及榜出，二公名數不爽，獨余名更第二。且浮沉中外，未有尺寸之樹，安所得尊銜者而稱之？

11 又，同年吴君之龍謂余曰，先是，館於溧水，夢有送會録者。閲之，余名第一，自中某名。今吴之名數如夢，而獨移余名。或以涼德致減造化，旦夕用以自省。

12 是年春，夢入一大院宇中，意是同府劉公瑊之宅，寂無一人。出至大門，見余公孟麟入，相與立談一二語，不解所謂。迨撤棘，余爲江陵劉公首卷。公得余卷時，喜甚，適余公入本房，取閲之，極用贊決，似符前夢。且余與劉公瑊甲榜俱第二名，數亦略相符云。

13 是年春，又夢謁相國申公，公命入書房内梳頭。見梳匣梳具並哥窑器也，櫛髮而出，以得拔淹滯爲謝。及放榜，吾蘇中式僅僅十人，余居首，而公號瑶泉，余似爲公所器云。

14 是年夏，將選時，夢詣一公所，前有坊牌一座，路凡三折，方進衙門。後除目下，得刑曹之山東司。履任日，由貫城坊牌而入，過大理、都察院，方進本部。道路迂折，宛如夢中所見，蓋定數也。

15 萬曆乙未夏，余以參知行部夷陵，夢碧山叠嶂，流水潺湲，中有平疇，境界曠遠。石壁上鐫「天際真人想」五字，醒而樂之，遂有歸與之興。尋遷貴州，不欲行，爲二三相知以大義相勉，恐有擇官避事之嫌，暫出而返。夢神已先啓予矣。

16 是年秋，將之黔。内弟陳詩，夢余從舟中送客，忽墮水，有緑袍神人亟扶之出，衣履不潤。心竊疑之。迨任五月，果有調用之事。

17 戊戌春正月八日夜，長男夢，門者報壽亭侯下顧，父子亟出奉迎。見侯長身美髯，藍巾綠袍，掉臂而入，至繩武堂中，有含笑意。方捧茶上供，驚懼而醒。余聞之，亟起禱于神祠，掣籤有「一笑相逢」之句。尋見邸報，是日有南臺公疏爲余訟冤。蓋神喜而告之也。

18 是年春，夜夢過一石橋，沿河而行。見有祠南向，一黄冠延余入，余問何祠，對曰福濟。前有一殿，不開，後有一殿，供奉吕祖。余禮拜訖，黄冠就余談相，云有厚福，余心許來新祠宇。嗣至金閶，令從姪問之市人，云福濟觀即神仙廟也。隨往謁，乃從皋橋過去，觀在沿河，前祀真武，後祀吕祖，一如夢中景。時觀將圮，方議修葺，余過而禮之，默有所許云。

19 是年春，余又夢，有人送一部文，内稱照戴才事例，以邊儆起用。顧觀察沖吾在坐，稱賀而别。時尚無赴闕意。至三月初，偶激訛言，渡江而北，觀察適從春明來，會於郵亭。比過滄(洲)〔州〕，見戴公坊牌，曾任少司馬。心不敢望，但詢其起用，果以邊儆，似俱驗矣。

20 萬曆壬子冬，余以中丞被言，隨上辯疏。先以文告上帝，後以揭焚於關神之前。時本無風，見揭帖逐葉掀翻，徐徐飛上。已而四兒夢神見顧，男竊窺之，時將別，聞神語余曰：「先生不必憂，公論自然明。」成禮送出。余心異之，幾欲請神降乩，以無符呪，未果。後次兒夢神降臨，家人扶鸞跳躍，鸞指庭草一簇，化成壽星桃十株。神進書房，卧榻上，以手捫其心。男因以余意告神，神援筆書符三道付男。醒時，記不及全。一日，略倣前符，延請神命，功曹傳命，云「桃爲五木之精，乃鎮邪伸正之象。中丞五疏懇天，忠良感慨，奸邪（攝）〔懾〕服。故庭草化爲碧桃」云。

跋

視履一編，先曾大父手所纂輯也。先中丞少而食貧，長而筮仕，歟歷中外垂四十年。迨（髦）〔耄〕而懸車，追憶生平，如家庭之孝友、宗黨之敦睦，上而立朝行政、下而應物持躬，以至民生國計之大、語言動静之微，一一筆之於書，分章名篇，彷彿年譜。意亦欲垂示後人，使識貽謀之自耳，非必欲世之知之也。藏於家塾歷有年所，姪佐均於展閲之次，懼祖德之日湮，舉付梓人，其可謂善承先志者矣。夫吾家自宋南徙，世爲邑之儒家，至先中丞丕振家聲，今遞傳五世，雖子孫日衆，猶得蒙業而安者，不可謂非世德之所垂裕者遠也。聞之，家道之興替，不於富貴而於德業。以吾祖之深仁厚澤，留貽若此，使後人克紹承遺烈，於是編之所載，奉爲程式，躬行而實踐之，遺澤之傳，或者其尚未有艾乎！詩曰：「無念爾祖，聿修厥德。」亦願與後人共勉之而已。

康熙乙丑中秋，曾孫王佳蒼助氏百拜謹識。

附録

明通議大夫都察院右副都御史贈工部左侍郎晴原李公神道碑銘

大中丞李公之卒也，伯子翰林院編修胤昌營兆域，追惟公驅馳中外、憂國奉公者三紀，大而疆場之事，賴公備其不虞，制宜有卹，將草疏而遽殁。踰年，家孫孟函詣闕以請。詔太宰贈公工部左侍郎，大宗伯予祭，少府治葬，夫人陳氏、劉氏並祭祔焉，蔭孟函國子生，蓋異數也。葬有日矣，而神道之石未有志，孟函乃奉編修君所爲狀，徵余文。余受而讀之，曰，固也，公視浙學，余以童子辱公拔冠其儕，辛丑同編修君舉進士，讀中秘書，相得懽甚，諗公平生莫余若。兹藉筆札，形公不朽，誠弟子分也。謹按狀：

公諱同芳，字濟美，别號晴原，其先自宋避狄南徙崑山，遂爲崑第六儒家。至茂之公，生思毅。思毅公生謹，明初貢入國學，拜光禄丞，極言時事，謫交阯，移泰寧簿，卒。

光禄公生瓖，文皇帝辟賢良，擢守易州，次鄉進士瑛，次處士瑄。瑄生鑌。鑌生忱，是爲公王父，忱生棠，是爲公父，皆以公貴，贈左布政，大母潘、母王，皆贈夫人。王夫人娠公，有異徵夢。生而端敏，十歲工文，十七補邑諸生。其文規模古人，自肓腐以還，手纂録者數十帙，博綜子史百家氏，尤留心河渠、漕輓、鹽鐵、食貨、賦役、兵戎諸大計，援古酌今，務爲可施見行事。

隆慶初元，應詔升太學，大司成范公應期遇以國士。肄業，南臺御史大夫張公鹵視其文，曰：「吾得田子一儁首南宫，每喜自負。君其似之。」癸酉，薦於鄉。庚辰，舉禮部第二人，釋褐刑部山東司主事，所讞多平反，大司寇嚴公寅心折焉。亡何，奔贈布政喪。既除，補禮部祠祭司主事。制典之大者在祠官，貴幸陳乞，時有特恩，前所增，後爲例，主者狥之，非制也，公獨據故實從事。顯皇帝篤孝，慈寧諸李最貴重，所請踰溢，持不少假，則他可概已。乙酉，晉員外郎，典楚試，維楚有材，公實盡之。丁亥，晉郎中。戊子，天子閲定陵，例幸西山，公請宗伯削去，曰「止游幸，禮臣事也」，省縣官金錢五萬。

己丑，出爲按察司副使，督浙江學政，惟文是視，罷一切造請。余同館若大宗伯薛公三省、大司空姚公士慎，咸公所首士，餘不能悉數。瀕行，留署浙藩。會發袍價三十萬，羨萬五千金，盡還之杼户，中貴人督造者率杼户焚香叩顙，祝公子孫貴勿絶。比歸卜室，輸值不能繼，所親揶揄公：「羨在，當無憂值也。」公笑曰：「吾以博士長，庭屈中貴人膝。視萬五千，所得顧不厚耶？」

壬辰，陞湖廣參政，守荆南道。乙未，陞貴州按察司。宣慰安氏方强，水西之甲且十萬，以定番、新貴爲其故疆，請還所隸。當事縻以款語，益跋扈，與郡守班見，申前請。公檄酋，國家全盛，方鞭笞四夷，而難一夜郎乎？反覆諭以禍福，酋不敢復上事。其孽安國禎貳於酋，請入爲民，公曰：「酋方鷙，而予之名，禍始此矣。」却弗受。跳之蜀，酋稱購叛人，縱兵屠蜀人六萬餘。曲突徙薪，公蚤識何如哉？

會楚中丞不悦於公，岳守中以蜚語，至是論調廣東左參政，守嶺南。壬寅，晉按察司。税璫李鳳以榷商不足，設款六十餘移之民，恚公强争，語侵公，公勃然曰：「詔書有不便，我能持之。安知中貴人也！」制府稍主調停，手璫揭授公，却立弗視，乃慨然久之，曰：「守官嶽嶽，吾愧公矣。」璫鄉人新會令阿璫指，民不堪命，相煽動揭竿者萬人。公聞變，單車馳之，延見丞尉以下如(嘗)〔常〕儀，徐諭民曰：「令不道，吾民與苦甚，白簡罷去，其宜也。今民自擊令，法安在？階之爲亂，誰執其咎？」衆愕然相顧曰：「然，是向抗璫以衛我者也。」悉叩頭，傳呼散去。其御變整暇如此。

甲辰，陞山東右布政。丁未，轉左。歲頻苦旱，公出禱岱宗，甫雩，千里如注，人呼「方伯雨」。已而勾較登萊民屯，抵吳餉，歲減編四萬餘。蠲俸贖備賑穀，歲二千餘，全活無算。

壬子，就拜都察院右副都御史，巡撫山東。東人式歌且舞，而言者至矣，其略詆舊撫黄公援同籍自代，選曹郎徐公私其門生父。門生，謂編修君也。余在長安，聞齮齕四賢者授指御史，都人士咸訟言公平生。有稱公初第，闈中牘出，江陵相張公雅慕其人，或諷以文贄，謝却之者。有稱公郎祠部，定陵論功，當卿尚璽，避吳相嫌，獨求外徙者。有稱公督浙學，四明相子落格，貽書有「仲父服伯氏，武侯泣廖立」語，弗之謝者。且迴旋浙楚黔粤踰二十年，居東踰七年，難進無如公，向自璽卿至開府，不俟今日。於是太宰趙公爲公疏辨，不直御史言，上諭留視事。

居久之，福邸出就國，詔覈涇漢廢業以充莊田，東人惶駭。公抗章謂，滄桑代變，桐封之籍久湮，鹿馬成訛，甌脱之區安在？寧當罷譴，弗任依回。迨奉嚴旨，議割下田及湖壖當之。公念昭陽直運道，荒税病邸，力持不可，屢疏待罪乞骸骨。得旨，暫還治疾，疾已，臺使疏聞起用。比去而天子思公言，用他條議代邸索，公蓋有大造於東也。入里，杜門却掃，觴咏自得，時入鄧尉、青芝山，泛具區，尋故所讀書處。越數年，無疾而逝。

公忠孝純至，感慕二人，耄而隕涕，懸車而後，聞事關君國，矍然忘寢食，其出諸天植者然也。而平生有數反，冰蘗自砥，一香一藥，不溷歸裝。（嘗）〔常〕俸薪所積，爲同産營田舍、代婚嫁特厚，餘以卹貧宗、賑窮乏。當官執法，咸嚴凛若霜雪，處懷仁恕，讞獄躬自反覆，推原可生之途，釋長繫數百餘。門生屬吏蒞吴者，干旌相望，語不及私，枌榆利害，則諄諄爲民請命。風儀峻絶，壁立廷陛間，不爲權貴貶抑，獨折節閭里，下遇齊民，抃手循墻自若也。他懿爍咸爲世師表，不備書，書其大者。

公生以嘉靖庚子十二月二十一日，殁以泰昌辛丑〔一〕十月四日，得壽八十有二。配陳夫人，早卒。繼劉夫人，亦先公卒。咸有婦德，初封安人，累贈淑人。編修君遇大慶恩，加贈夫人。

三子。長即編修君胤昌，劉夫人出，娶太學沈公天植女，封孺人。胤嘉，太學生，側室朱出，娶太學徐公用徵女。胤喜，太學生，側室丘出，娶太學徐公永芳女。長女適太學顧公咸寧子太學震寅，次適太學張公汝端子太學宏基，次適太學王公仲極子州庠生廷璋。

長孫孟函，官生，以己卯副榜改選貢生，娶都察院都事王公士騄女。次仲弢，邑庠生，娶大司馬申公用懋女。次叔豳，太學生，娶憲長葛公錫璠女。編修君出。次季華，郡庠生，娶左方伯張公魯唯女。次衍詒，邑庠生，聘冬曹郎中公濟芳女。次廷梅，聘大司馬王公在晉女。次廷楫，聘文學金公芳熙女。胤嘉出。十一孫女。五曾孫。可衛，郡廩生，開鄴，己卯舉人，孟函出。景平，邑庠生，叔豳出。思贊、肇聃，仲戣出。

歲己卯三月二日，葬公邑之新洋江崑字圩之原。象坤爲之銘曰：

蒹葭蒼蒼，不可爲柱。弱舟泛泛，不勝積羽。孰大以剛，爲世津宇。間生偉人，代弗數許。獨公天授，兩行不偏。屹若山岳，静則淵泉。魁文一出，洛下爭傳。柄臣慕之，毋爲士前。立朝伊始，嶽嶽引經。既止游幸，亦抗椒庭。驅馳自許，何有清卿。冰鑑造士，尊俎寢兵。維粵有璫，維黔有安。劘牙瞪目，膏塗肉剜。鞲韝在公，心膽爲寒。疆埸之事，終莫我奸。乃作甘霖，乃作饑穀。涇漢分（彊）〔疆〕，豈其東陸。無割民田，以代藩幅。去就爭之，遂返初服。嘯咏烟霞，修然而逝。罷歌在里，頻繁自帝。載錫之秩，命篆作窆。忠餘於身，賞延其裔。是父是子，崑岡雙碧。無遏前聞，尚有遺册。採以作詩，陳之樂石。有虹燭天，子孫無斁。

賜進士第、進光禄大夫、柱國、少保兼太子太保、户部尚書、武英殿大學士、兩奉敕同知經筵日講、總裁實録、知制誥門人錢象坤頓首撰文。

賜進士出身、右春坊右中允兼翰林院國史編修、文林郎、記註起居、管理誥敕撰文、纂修會典、教習内書堂、經筵展書、日講官、福建典試年家眷晚生徐開禧頓首篆額。

賜同進士出身、户科給事中年家眷晚生瞿式耜頓首書丹。

校勘記

〔一〕泰昌辛丑　按，泰昌年號，用指萬曆四十八年庚申之後期數月。本文與下文墓誌銘作者，或因李同芳卒於萬曆四十八年後一年，誤稱泰昌元年。又，庚子後八十一年爲辛酉而非辛丑。下文墓誌銘載，李同芳卒於辛酉。「泰昌辛丑」，疑當作「天啓辛酉」。

明通議大夫都察院右副都御史贈工部左侍郎晴原李公暨配陳夫人劉夫人合葬墓誌銘

少司空晴原李公，以泰昌辛酉十月四日卒於家。天啓壬戌，嗣君太史集虛先生具狀，將以明年請卹於朝，且營大葬。是歲冬，太史哀毁病卒。癸亥，冢孫大函詣闕陳請，天子追念往勩，以前中丞得贈工部左侍郎，祭葬如例，配陳夫人、劉夫人並祭祔葬。崇禎己卯，始克葬新洋江崑字圩之原。大函爰遵遺志，奉太史所次狀，徵銘於疇。疇生晚，惟公實爲先王父執友。先王父夙嚴道誼，交不數。公巖巖山立，動止由古，先王父心型之，終身不替，疇視公如視大父矣。且疇讀公所爲文章，見公敭歷諸方，表率鄉國，猶前徽之有歐范也，疇何敢輕銘公！雖然，大臣有猷烈而闡之，其事近史，史，疇職也。抑記述之資前賢爲榮者，多矣，疇其敢終辭乎？

公諱同芳，字濟美，晴原其别號也。十七補邑庠，隆慶初元貢士，入太學，名第一。癸酉，登賢書。庚辰，禮部試第二，拜主事刑部，旋守外艱。甲申，遷禮部。乙酉，陞員外郎，典楚試。丁亥，陞郎中。己丑，擢按察司副使，視學政浙江。壬辰，參湖廣政，守荆南道。乙未，陞按察司貴州，亡何，以蜚語論調。丙申，參政廣東，守嶺南道。壬寅，再陞按察司。甲辰，陞右布政山東。丁未，轉左。壬子，擢都察院右副都御史，撫山東。以論藩府賜田不合，屢疏乞身，詔許暫歸治疾。後以臺使薦起用，終不出。

公工文章，勤吏事，溥慈仁，守廉讓，又識量度越，風節夐出。疇嘗以爲，大臣之職，非是數者不備。然竊以觀公，則循至静而咸有之，固非學焉可至耶？

公初以文章名籍海内，十歲多驚人語，從父孝廉確齋先生異而教之，曰：「李其興乎？」在雍，司成范公應期有無雙之目。歷事御史臺，臺大夫張公鹵注視其文，曰：「如見田子。」田諱一儁，張所舉南宫第一人。海内覽其文者，無異辭也。

自公筮仕至懸車，無不夙興夜寐，上勤君父、下恤民生，見有瘝若職者，公身若負痛焉。故在刑謹刑，使獄常平，典禮則加肅，主楚試則楚材益出，視浙學則越才大起，晉而保釐至開府，無有氣矜而事畢飭。吏事如公，近今無有。

公性樂愷，亟於生全。公所守雲司至諸外臺，多執法，吏所讞上，必躬自反覆，求所矜疑。如部獄李政、浙東譚大韶、荆南張福祖等數十人，悉出自長繫。粤東三月，釋五百餘纍。山左頻歲苦旱，公嘆曰：「杼軸空矣，如民何！」勾較登萊二部民屯，用抵兵餉，歲減編四萬有奇。又歲蠲俸贖二千四百緡，下歷城貯穀，全活不數計。又以旱甚，却輿蓋，微服禱岱宗，蒲伏罪己，悲哀弗能起。雩未畢，注決千里，人呼爲「方伯雨」。而他事循此也。故曰慈仁溥也。

故事，儀郎缺，必祠郎調，公堅讓主客。人莫之省，公曰：「某吴人也。」宗伯悟，聽之讓。蓋時吴門方柄國，公爲其門士，且恬退又天性也。在祠司久矣，功當卿尚璽，然未第時早慕劉忠宣之爲人，不願卿也，力請外。浙學政竣，留署藩，當發袍價爲萬者三十，可以羨萬五千，悉却之。中貴者督造者驚嘆，率織人叩顙三祝而去。其他如伯起謝客者，事不一。故廉讓以勵也。

天子覆閲壽宫，視乙酉例。例幸西山，公直禮曹，盡削之。宗伯謂有故事，且上指也，公曰：「奈何以游幸而縻鉅萬！」宗伯憬然。然竟報可，宗伯愧弗及。其監荆南也，（荆）〔經〕略〔一〕邢公玠徵荆岳兵滿萬，使討播。時無現兵，且籍民丁充之，民盡竄。公以廷議在撫，請當事許之以壯軍勢，而姑緩其期，民始復業，徵兵旋止。黔之定番、新貴，故長官司地也，安酋寢强，以還故地請。當事款語縻之，彌驁不能制。公長黔憲，不即入謁，謁班刺史，公叱之班户侯。已又申前請，又請授甲襲伍文政，公檄酋謂：「天子數舉兵誅自擅者，威甚盛。爾不悛者，族矣！」酋奪氣，不復敢言。其孽安國貞願入爲氓，公曰：「貞貳於酋，此莒僕之爲也。毋予酋名，必絶之。」後乃跳入蜀，酋放兵稱捕叛人，殘蜀人餘六萬，而黔中謐如，皆公力也。新會令某，税璫李鳳鄉人也，附璫意，惟所頤指。民積憤，飆起擊令，市駔覬，因此攖庫藏、劫巨室，一時惑亂揭竿者萬人。公時按他部，聞變單車赴之，至則入官署，召見丞尉師儒如平時，次進民而諭之曰：「父老苦令耶？令無狀，吾白臺使者去之，白簡數行耳。若擊令，非法。且乘之焚剽者，亦令耶？」民瞤眙相顧，曰「不敢」。凡此者，公皆不見聲色而大事遽定，識量逾人，未有儷也。

若夫堅法不回，則有之矣。公既成進士，江陵相覽公闈牘而喜，數訪其人何等，或諷以文贄。公曰：「吾文既先資吾君，更謁相耶？」典祠司，國制之大者多在焉，公引經附傳，不少委蛇。若李文偉以帝母介弟，請祭葬溢額，公首格之，曰：「嘻！是不得以貴勢假也。」浙人文衣領天下而多要人，公視學輒曰：「吾不以目狗人也。」四明相子落格，知公之素而無怨，其貽書至有「仲父服伯氏，孔明泣廖立」語。李鳳勢張於粤，欲於夷商外增款六十餘以益税，公争之力。璫憤形於色，語不遜，公奮曰：「我憲臣也。縣官有不便民者，吾得持之，我畏中貴人哉！」璫逡巡謝過。然制府猶採璫議數條授公，使塞其意，公謂民承商税，非義所出，却弗視。制府色變，久乃嘆曰：「余乃媿公矣！」撫東時，會福邸分封，數奉旨請稽涇漢故籍充莊田，荒忽無徵，人情擾動。公抗疏，涇漢分業，各有專土，與齊魯絶無與，謂侵桐剪，鹿不爲馬，將占甌脱，滄不可桑，非所以裕維城而恤災民者。章上，報聞。或議割民間瘠田充額，公念荒田科稅後，必病邸兼病民，或再議割湖壖，公又以昭陽湖漕輓所經，皆力持不可。公之屢疏乞身者，爲此也。公既去，天子卒是公議，爲東方世賴。是又不止以風節著稱者也。

公事親孝，承歡若不及。嘗以母夫人王不逮禄養，每念及輒泫然。置田舍予季弟暨族弟良厚，視弟子及女弟子不啻己出。族受常餼者十餘，倚之婚喪者逾倍。即宗人故常齮齕之，卒無所滯意，遇之若初。與人交，敦勉信義，其乏絶者振之，裔弱者植之。居恒儀觀甚肅，行步履聲可數，望者竦然不敢前。及與款洽，必就復忠孝端方、潔廉無苟之概，又傳以睹記所及，聽者忘疲。於古今記載多所貫穿，而經濟要領尤所注心，於國家掌故、河渠漕輓、鹽鐵食貨、兵戎賦役諸大計，援酌今古，力求曉悉。故居官所至，必見行事，即士大夫從之折衷，無不嘆其條暢。居鄉循謹，弗小以聲色加閭里，僮隸受誡，斂手入市門。門生屬吏，以大吏或守宰部吴者踵相接，然掌大赫蹏不以入，故人服其無私。至事切枌榆利害，又盡言無諱。嗟乎！後生不見前型，恒自意無過，及有小善，輒躍然自足，安有如公之自少至（髦）〔耄〕，蹈道彌勤耶？安有如公具大臣之殊嫩，以不言躬行者耶？

按，李自宋南徙，世以儒著，邑儒家次第六者是也。數傳至茂之，（芝）〔茂〕之〔二〕生思毅，思毅生謹，國朝初應貢選，擢丞光禄，論時事無諱，徙交趾十年，移部泰寧。泰寧生瓌，成廟時以賢良徵拜，守易州。次瑛，登賢書，掌道州教。次瑄，鄉大賓。瑄生翁也，配王，贈亦如之。懷石翁四十而艱子，夢神從楝間授奇男子而誕公，任重蓋有徵焉。公自旋里，却埽杜機，讀書觴咏，時以藍輿小舫入青芝、鄧尉諸山，徜徉七十二峰間，如是數年而卒。卒之日，飲酒譚讌，丙夜就寢，頃之欠伸支頤，含笑而逝，人以爲仙蜕云。公生嘉靖庚子十二月二十一日，殁如前期，得歲八十有二。（璝）〔鑕〕〔三〕、（璝）〔鑕〕生忱，以公貴，贈左布政，配潘，贈夫人。忱生棠，世所稱懷石

配陳夫人，同里陳公懷全女也，生有慧性，擇公歸焉。公食貧，資館穀，出就鄉塾，夫人勤内職，敬事高堂，至不敢歸寧，曰：「我寧父母，誰爲游子事父母者？」懷石公每稱篤孝。甫五稔，卒，而劉夫人來歸。公貧猶故，姑疑婦翁見山公素封，或不習事，悉委試之。夫人謝膏沐，躬操作，大喜過望。懷石公嚴急難事，好蒔花木、遊林壑，坐客常滿。公出，則留脩脯之半，爲杖頭，餘充甘旨。夫人獨取給辟纑，脱簪珥佐之，客至

不戒，而厨甚設。翁謂新婦能適我，公所留封識宛然，用以治産，漸豐矣。姑及叔婚嫁資焉，不能無減，夫人勸公多所分予。筮仕雲司，有執燭風。除春曹，以陵功當得璽卿，不欲就，夫人贊之，曰：「外而練事，正佳耳。」公素慕劉忠宣，相視而笑。視浙學，十九在外，夫人嚴扃鑰，署若無人，公移試牘，掌記無遺謬。居恒語公，仕而傷廉，室人謫之也。終身績紝，不蓄珍綺，以成公操。時進編修君厲之，曰：「童子！今之汝父當汝時，貧苦何如哉！」編修君介性蔚爲世表，夫人教之也。初封安人，累贈淑人，編修遇大慶恩，並加贈夫人。

三子。長即太史胤昌，劉夫人出，娶沈氏，封孺人。胤嘉，太學生，娶徐氏，側室朱出。胤喜，太學生，娶徐氏，側室丘出。三女，適太學生顧震寅、張宏基、王廷璋。

七孫。孟函，以官生中己卯乙榜，娶王氏；仲豉，邑庠生，娶申氏；叔豳，太學生，娶葛氏。胤昌出。季華，郡學生，娶張氏；衍詒，邑庠生，聘申氏；廷梅，聘王氏；廷楫，聘金氏。胤嘉出。十一孫女。

五曾孫。可衛，郡廩生，開鄴，己卯舉人，孟函出。思贊、肇聃，仲豉出。景平，邑庠生，叔豳出。

疇近過新洋，見公賜塋弘敞，喜其爲名賢游息之所。繼見孫子卜築勤勞，而睞之若弗克，曰：「此先太史志也。」孝以成孝，歸諸人倫，厥有可稱，是益宜銘。銘曰：

玉山崚嶒，枕後作宇；江流浩淼，涵空如釜。田圍美肥，以邑爲父；大崑小崑，群玉是祖。司空藏斯，神笑且舞。於焉司空，憲邦文武。神理嶽立，見强不俯。歇歷中外，業以忠主。刑有哀矜，禮觀黻黼。試於藩宣，澤行無户。折酉定變，格苗干羽。帝授節鉞，填彼齊魯。王田之争，兆民樂土。以公幹國，國息其蠹；以公衮鄉，鄉修其矩。人之則之，百世道古。天子之恩，孝亦踵武。萬民所瞻，子孫受祜。

賜進士第、資善大夫、南京禮部尚書兼翰林院學士、前兩京禮部侍郎、詹事府管理玉牒、經筵日講、國子監祭酒、右春坊右諭德、掌司經局事、誥敕撰文、召對記注、纂修實録、典試福建年家眷晚生顧錫疇頓首拜撰。

賜進士第出身、中憲大夫、南京通政使司左通政、前順天府府丞、浙江江西左布政使司參政、參議俱兼僉事、奉敕備兵分巡嘉湖、提督江西學政、南京吏部稽勳清吏司郎中通家眷晚生侯峒曾頓首拜篆額。

賜同進士出身、通奉大夫、原任福建等處承宣布政使司右布政使、以征勦山海二寇功兩蒙欽賞加俸一級會舉卓異奉旨優擢、前本省按察使、參政、山東副使、南京吏禮二部郎中、主事年家眷晚生申紹芳頓首拜書。

校勘記

〔一〕經略　「經」，原作「荆」，據本書卷下慎議門第三則改。

〔二〕茂之　「茂」，原作「芝」，據前文與上神道碑銘改。

〔三〕生鑌　「鑌」，原作「瑸」。按，瑄之子名不當從「王」。據上神道碑銘改。本段下同。

李大中丞傳

李同芳，字濟美。父棠，勤修孝友之行，明經術，里中稱長者，號懷石先生。先生夢大士以香嚴童子相與，生公。公生而嚴正有度，讀書一覽都盡，無所遺失。弱冠，馳聲黌校間，雅自負然，莫能窺其際。

戊辰，用天子覃恩，貢入太學。名高兩都，争幣聘經人師，即脩脯必劑量日月，不苟受。癸酉，鄉薦。讀書茗、鄧間，山中人聞履聲，輒能識公。

庚辰，舉禮部試第二人，授刑部主事。嚴尚書清器重之，問所平反，嘆非筮仕所及。甲申，遷禮部祠祭司。時江陵在政府，王司寇篆諷公以文贄，公謝無有，司寇拂衣去。乙酉，陞員外，主湖廣鄉試。丁亥，陞郎中。故事，儀郎缺，必以祠部〔二〕調。公力讓倖深者主客郎某，歸德不可，公徐曰，郎，吴人也。歸德悟，聽公讓。祠郎領大典禮，公廩廩奉職，雖聖母介弟、椒房特寵，請乞一無所問。戊子，上覆閲壽宫，有旨照丁酉例。例載幸西山儀注，費鉅萬，公曰：「禮官不止游幸，更導之耶？」爲削去煩例，上之。

己丑，陞浙江提學副使。浙人文甲天下，多貴游，公惟文是視，不問主名。四明嘗與公牘，有云「此仲氏所以服伯氏，孔明所以泣廖立也」。壬辰，陞湖廣荊南道參政。清澧州浮糧三千石，卻標兵操賞餘銀三百六十兩，止征播調發萬人，雪冤辟張福祖等七命。其詳載澧志，公亦自謂無悔於心。乙未，陞貴州按察司按察使。黔酉安某白公，請與太守班見，公叱之出，班户侯。酉又請還新貴縣，授甲襲伍土官，公片言折之，不敢仰視。亡何，其庶孽安國貞以困辱來歸，公又請當事者却之，曰：「蠶叢魚鳧，猝難顧化。」其後國貞跳入西川，父子讎殺，屠及多命，當事者服公遠識焉。丙申，改調補廣東左參政。壬寅，陞本省按察使。會鑛税兩璫在事，飛而食人。制府手璫揭，令公酌處，公曰：「道受院檄，不受璫揭。」制府色變，目公良久，曰：「居官嶽嶽，不當如是耶？」自是税〔額小減。語具粵〕〔二〕志中。而是時，新會令以附〔會激變，從化弁以募夫撓商，〕〔三〕公皆調御之，毋使滋蔓。甲〔辰，陞〕〔四〕山東右布政使。丁未，陞左。公按籍，嘆曰：「杼軸其空，如二東何！」首鈎校登萊屯以抵兵餉，歲減編可數萬。次立常平法，捐俸薪贖鍰，下歷城令買穀可數十萬石。乙卯大饑，民賴以濟。

壬子，陞都察院右副都御史，巡撫山東。會福藩請賜土田，公奉嚴旨按視，曰，民以食爲天，又荒落之後，而奈何奪民田以共邸業？義不可。即割湖壖荒田賜之，而荒田賠税，民必不堪，昭陽湖係國家運道，壖可割耶？力持不報，遂〔五〕予告免。或語公，例故舉薦，公笑曰：「身隱矣，焉用文之，爲吾門植桃李、盛候問哉？」飄然解組而歸。杜門却掃，寂寂如寒素時。小有登覽，必問故所與游，通情款。嘗過鄧尉山上行春橋，望青芝樹色，追想當年同社諸人，皆穎脱爲大官，然無在者，慨然久之。公無聲伎之好，然遇歌舞，曲不得誤。每上食，子胤昌必拜，或諷公家居省禮，公笑曰：「父黨無容，不聞無禮。」年餘八十，神明湛然，每閲一書，必焚膏繼晷，盡帙乃罷。

子胤昌，萬曆庚子解元，辛丑進士。

論曰：中丞〔公性至孝，痛母〕〔六〕夫人不逮養，即贈公逮矣，不〔踰年卒，中丞〕〔七〕傷之。故嘗捧黄〕〔八〕爲孺子泣，敬製金緋翠翟〔焚之，路人悲愴，今與昔未〕〔九〕有也。其敦手足之愛，施及三〔世，訪故如不及。施於有政，豈顧問哉！贈公虔事吕祖，得仙術，公知之，至今答響如平生交。君子曰，是惟無神仙則孝友者是耳。中丞〔一〇〕與先貢士約兄弟，先貢士殁十年，不入予里，入必紆騎行後呼予言，亹亹竟日，曰：「吾曩者服官，如三日新婦閉車中，不得動轉。今吾與子談理不談事，不妨盡臆言之矣。」

同邑後學張大復元長氏撰。〕〔一一〕

校勘記

〔一〕祠部　「部」，崑傳作「郎」。

〔二〕「額小」至「具粵」　此六字原缺，據國會藏本補。

〔三〕「會激」至「撓商」　此十一字原缺，據國會藏本補。

〔四〕辰陞　此二字原缺，據國會藏本補。

〔五〕遂予　「遂」，崑傳無。

〔六〕「公性」至「痛母」　此六字原缺，據國會藏本補。

〔七〕中丞　「丞」，崑傳作「心」。

〔八〕「踰年」至「捧黃」　此十一字原缺，據國會藏本補。

〔九〕「焚之」至「昔未」　此十字原缺，據國會藏本補。

〔一〇〕中丞　崑傳作「公」。

〔一一〕「世訪」至「氏撰」　此一百二十五字原缺，據國會藏本補。

元明史料筆記叢刊　書目

南村輟耕録
〔元〕陶宗儀
草木子
〔明〕葉子奇
菽園雜記
〔明〕陸容
歸潛志
〔金〕劉祁
萬曆野獲編
〔明〕沈德符
水東日記
〔明〕葉盛
戒庵老人漫筆
〔明〕李詡
典故紀聞
〔明〕余繼登
玉堂叢語
〔明〕焦竑
寓圃雜記　穀山筆麈
〔明〕王錡　〔明〕于慎行
四友齋叢説
〔明〕何良俊
治世餘聞　繼世紀聞　松窗夢語
〔明〕陳洪謨　〔明〕張瀚
廣志繹
〔明〕王士性
今言
〔明〕鄭曉
三垣筆記
〔明〕李清
庚巳編　客座贅語
〔明〕陸粲　〔明〕顧起元

賢博編　粤劍編　原李耳載

〔明〕葉權　〔明〕王臨亨　〔明〕李中馥

玉鏡新譚

〔明〕朱長祚

山志

〔清〕王弘撰

雙槐歲鈔

〔明〕黃瑜

棗林雜俎

〔清〕談遷

玉光劍氣集

〔清〕張怡

五岳游草　廣志繹

〔明〕王士性

玉堂嘉話　山居新語

〔元〕王惲　〔元〕楊瑀

陶庵夢憶　西湖夢尋

〔明〕張岱

震澤先生別集

〔明〕王鏊　王禹聲撰　〔明〕王永熙匯輯

桂勝　桂故

〔明〕張鳴鳳

宦夢録　館閣舊事

〔明〕黃景昉

視履類編

〔明〕李同芳